RACCONTI DI CARNEVALE PER BAMBINI

Avventure delle Maschere Tradizionali del Carnevale Italiano, Letture prima di dormire insieme ai Genitori con Morali positive per Bambini.

Scritto da

Maria Grazia Sorrentino

INTRODUZIONE

Caro lettore,

Benvenuto in questa raccolta di storie magiche che ti porteranno nel cuore pulsante del Carnevale in Italia. Questo libro non è solo una raccolta di racconti, ma un portale verso un mondo dove la fantasia e la realtà si intrecciano in un abbraccio festoso.

Ogni storia è un filo colorato della grande tradizione italiana, che ti guiderà attraverso avventure straordinarie, incontri con personaggi indimenticabili e scoperte di antiche leggende. Dal misterioso volo di Arlecchino sotto la luna danzante, alle avventure marine di Capitan Spaventa, ogni racconto ti farà capire la ricchezza culturale, storica e umana del Carnevale italiano.

Queste storie sono state scritte pensando a te, piccolo esploratore di mondi e sognatore di avventure, ma anche a te, genitore, che desideri condividere con il tuo bambino un momento di legame attraverso la magia della lettura. Qui troverai non solo intrattenimento, ma anche spunti per insegnare, discutere e sognare insieme.

Apri questo libro e lasciati trasportare nel vortice delle emozioni del Carnevale. Che tu sia alla ricerca di avventure eccitanti, di momenti di riflessione o di una finestra su un mondo diverso, questo libro è il compagno perfetto per le tue serate in famiglia.

Buona lettura e buon viaggio nel meraviglioso mondo del Carnevale italiano!

Alla fine del libro sono disponibili contenuti extra

LA MAGICA NOTTE DI ARLECCHINO ARLECCHINO E IL MISTERO DELLA LUNA DANZANTE

IN UNA SERENA NOTTE DI CARNEVALE, IL CIELO DI BERGAMO ERA ADORNATO DA UNA LUNA PIENA E SPLENDENTE. ARLECCHINO, IL PIÙ AGILE E GIOIOSO DEI PERSONAGGI DEL CARNEVALE, SI AGGIRAVA TRA LE VIE DELLA CITTÀ CON IL SUO COSTUME COLORATO. I SUOI OCCHI BRILLAVANO DI CURIOSITÀ E LA SUA RISATA CONTAGIOSA RIECHEGGIAVA TRA I VICOLI.

PROPRIO QUELLA NOTTE, UN EVENTO STRAORDINARIO AVREBBE AVUTO LUOGO. LA LUNA, COME PER MAGIA, SEMBRAVA DANZARE NEL CIELO, CAMBIANDO COLORE E FORMA. ARLECCHINO, MERAVIGLIATO DA QUESTO SPETTACOLO, DECISE DI SCOPRIRE IL SEGRETO DIETRO QUESTO INCANTEVOLE FENOMENO.

INTRAPRENDENDO IL SUO VIAGGIO, INCONTRÒ
COLOMBINA, LA SUA AMICA DI SEMPRE, CHE CON IL
SUO SORRISO GENTILE ILLUMINAVA LA NOTTE
TANTO QUANTO LA LUNA STESSA. "ARLECCHINO,
CHE COSA TI PORTA QUI A QUEST'ORA?" CHIESE
COLOMBINA CON CURIOSITÀ. "STO CERCANDO DI
SCOPRIRE PERCHÉ LA LUNA DANZA COSÌ
STASERA," RISPOSE ARLECCHINO, GUARDANDO
VERSO IL CIELO. COLOMBINA, AFFASCINATA,
DECISE DI UNIRSI A LUI IN QUESTA AVVENTURA.

CAMMINARONO INSIEME PER LE VIE ADDOBBATE
DI FESTONI E LANTERNE COLORATE,
INCONTRANDO STRADA FACENDO ALTRI
PERSONAGGI DEL CARNEVALE, OGNUNO IMMERSO
NELLA GIOIA DELLE CELEBRAZIONI. TRA QUESTI,
IL SAGGIO DOTTOR BALANZONE, CHE CON LA SUA
CONOSCENZA INFINITA, SUGGERÌ LORO DI
CERCARE IL VECCHIO BIBLIOTECARIO,
DETENTORE DI ANTICHI SEGRETI.

GIUNTI ALLA BIBLIOTECA, IL BIBLIOTECARIO, UN UOMO ANZIANO CON OCCHIALI SPESSI, LI ACCOLSE CON UN SORRISO. "LA LUNA DANZA COSÌ SOLO UNA VOLTA OGNI CENTO ANNI," SPIEGÒ, SFOGLIANDO UN VECCHIO TOMO. " È UN SEGNO CHE SI DIFFONDE IN TUTTA LA CITTÀ DI BUON AUGURIO E MAGIA."

ARLECCHINO E COLOMBINA, FELICI DI AVER SCOPERTO IL MISTERO, DECISERO DI CELEBRARE QUESTO EVENTO UNICO CON TUTTI GLI ABITANTI DELLA CITTÀ. ORGANIZZARONO UN GRANDE BALLO IN PIAZZA, DOVE TUTTI SI RIUNIRONO, DANZANDO SOTTO LA LUCE INCANTATA DELLA LUNA.

LA FESTA CONTINUÒ FINO A TARDA NOTTE, QUANDO LA LUNA, ESAUSTA DALLA SUA DANZA, COMINCIÒ A RITIRARE I SUOI RAGGI. ARLECCHINO, STANCO MA FELICE, SI SEDETTE SU UNA PANCHINA, GUARDANDO IL CIELO. "È STATA UNA NOTTE MAGICA," SUSSURRÒ COLOMBINA, SEDENDOSI ACCANTO A LUI. E INSIEME, SOTTO IL CIELO STELLATO, SI ADDORMENTARONO DOLCEMENTE, SOGNANDO LA MAGIA DEL CARNEVALE.

LA NOTTE DI ARLECCHINO E IL MISTERO DELLA LUNA DANZANTE DIVENNE UNA STORIA RACCONTATA PER GENERAZIONI, UN RICORDO DI UNA NOTTE IN CUI LA MAGIA AVEVA TOCCATO IL CUORE DI TUTTI.

Morale: questa storia introduce i bambini nel colorato mondo del Carnevale, unendo avventura, amicizia e magia, e si conclude con un lieto fine che trasmette serenità e invita al riposo.

PULCINELLA E IL GIARDINO INCANTATO
UNA STORIA DI AMICIZIA E MAGIA

IN UNA SOLEGGIATA GIORNATA DI CARNEVALE, PULCINELLA, NOTO PER IL SUO SPIRITO SCHERZOSO E LA SUA MASCHERA BIANCA, PASSEGGIAVA PER LE STRADE DI NAPOLI, TRA RISATE E SCHERZI CON I PASSANTI. MA QUEL GIORNO, PULCINELLA SI IMBATTÉ IN UNA SORPRESA INASPETTATA: UN PICCOLO UCCELLINO DAL PIUMAGGIO COLOR ARCOBALENO, CHE LO GUIDÒ FUORI CITTÀ, VERSO UN LUOGO MISTERIOSO.

IL SENTIERO ERA TORTUOSO, COSTELLATO DI FIORI PROFUMATI E ALBERI CHE SEMBRAVANO SUSSURRARE STORIE ANTICHE. DOPO UN PO', GIUNSERO IN UN GIARDINO INCANTATO, UN LUOGO NASCOSTO AI PIÙ, DOVE LA NATURA DANZAVA AL RITMO DI UNA MUSICA INVISIBILE.

IN QUEL GIARDINO, PULCINELLA INCONTRÒ UNA FATA, CUSTODE DI QUEL LUOGO MAGICO. LA FATA, CON LA SUA VOCE MELODIOSA, SPIEGÒ A PULCINELLA CHE IL GIARDINO ERA IN PERICOLO: UN INCANTESIMO MALVAGIO STAVA MINACCIANDO DI DISTRUGGERE LA SUA BELLEZZA. SOLO L'ALLEGRIA E LA BONTÀ DI CUORE POTEVANO SPEZZARE L'INCANTESIMO.

PULCINELLA, DETERMINATO A SALVARE QUEL LUOGO MERAVIGLIOSO, SI MISE ALL'OPERA. CON L'AIUTO DELL'UCCELLINO COLORATO E DI ALTRI ANIMALI DEL GIARDINO, ORGANIZZÒ UNO SPETTACOLO DI DANZA E MUSICA, DIFFONDENDO ALLEGRIA E RISATE.

MAN MANO CHE LO SPETTACOLO PROCEDEVA, IL GIARDINO INIZIAVA A RISPLENDERE DI NUOVI COLORI, E I FIORI SBOCCIAVANO IN UNA SINFONIA DI PROFUMI. L'INCANTESIMO STAVA CEDENDO, E LA GIOIA PURA DI PULCINELLA STAVA SALVANDO IL GIARDINO.

AL TERMINE DELLO SPETTACOLO, LA FATA RINGRAZIÒ PULCINELLA PER IL SUO CUORE GENEROSO. "HAI DIMOSTRATO CHE LA FELICITÀ E L'ALLEGRIA POSSONO SUPERARE QUALSIASI OSTACOLO," DISSE, REGALANDO A PULCINELLA UN PICCOLO FIORE INCANTATO COME RICORDO DI QUELLA GIORNATA SPECIALE.

TORNATO IN CITTÀ, PULCINELLA RACCONTÒ A TUTTI LA SUA AVVENTURA, E IL PICCOLO FIORE DIVENNE SIMBOLO DI SPERANZA E GIOIA. DA QUEL GIORNO, OGNI VOLTA CHE QUALCUNO SI SENTIVA TRISTE, BASTAVA PENSARE ALLA STORIA DI PULCINELLA E AL SUO GIARDINO INCANTATO PER RITROVARE IL SORRISO.

QUELLA NOTTE, MENTRE LA LUNA ILLUMINAVA LE STRADE FESTOSE DI NAPOLI, PULCINELLA, STANCO MA FELICE, SI ADDORMENTÒ SERENAMENTE, SOGNANDO GIARDINI INCANTATI E MAGIE CHE SOLO UN CUORE PURO PUÒ SCOPRIRE.

Morale: con questa storia, i bambini vengono immersi in un'avventura che celebra l'importanza della bontà, dell'allegria e dell'amicizia, terminando con un dolce invito al riposo.

COLOMBINA E IL SEGRETO DEL LAGO

AVVENTURE E SCOPERTE SOTTO LE STELLE

IN UNA FRESCA SERA DI CARNEVALE, COLOMBINA, CON IL SUO ABITO COLORATO E LA MASCHERA SCINTILLANTE, SI AGGIRAVA PER LE VIE DI VENEZIA, AMMIRANDO I RIFLESSI DELLE LANTERNE SULL'ACQUA DEI CANALI. LA SUA CURIOSITÀ LA PORTÒ A ESPLORARE UN ANGOLO NASCOSTO DELLA CITTÀ, DOVE SCOPRÌ UN PASSAGGIO SEGRETO CHE LA CONDUSSE A UN LAGO INCANTATO.

IL LAGO ERA CIRCONDATO DA ALBERI CHE SEMBRAVANO BRILLARE SOTTO LA LUCE LUNARE, E L'ACQUA ERA COSÌ LIMPIDA CHE RIFLETTEVA LE STELLE COME UNO SPECCHIO MAGICO. COLOMBINA RIMASE AFFASCINATA DA QUELLA MERAVIGLIA E DECISE DI AVVENTURARSI IN UNA PICCOLA BARCA ORMEGGIATA SULLA RIVA.

MENTRE REMAVA, SENTÌ UNA MELODIA DOLCE E MISTERIOSA CHE SEMBRAVA PROVENIRE DAL CUORE DEL LAGO. SEGUENDO IL SUONO, COLOMBINA GIUNSE A UN'ISOLA NASCOSTA, DOVE INCONTRÒ UN GRUPPO DI NINFE DANZANTI. LE NINFE, CREATURE MAGICHE E GENTILI, LA ACCOLSERO CON CALORE E LE RIVELARONO IL SEGRETO DEL LAGO: OGNI CARNEVALE, PER UNA NOTTE, IL LAGO SI TRASFORMAVA IN UN PORTALE PER MONDI INCANTATI.

COLOMBINA, MERAVIGLIATA DA QUESTA RIVELAZIONE, ACCETTÒ L'INVITO DELLE NINFE A UNIRSI A LORO IN UNA DANZA SOTTO LE STELLE. MENTRE DANZAVANO, IL LAGO INIZIÒ A SCINTILLARE DI LUCI COLORATE, E L'ARIA SI RIEMPÌ DI RISATE E CANTI.
LA DANZA PROSEGUÌ FINO A QUANDO LE PRIME LUCI DELL'ALBA NON INIZIARONO A ILLUMINARE IL CIELO. LE NINFE, PRIMA DI SALUTARE COLOMBINA, LE DONARONO UN PICCOLO CIONDOLO A FORMA DI STELLA, SIMBOLO DI AMICIZIA E MAGIA.

TORNATA A VENEZIA, COLOMBINA RACCONTÒ LA SUA INCREDIBILE AVVENTURA AI SUOI AMICI, MOSTRANDO LORO IL CIONDOLO SCINTILLANTE. LA STORIA DEL LAGO INCANTATO E DELLE NINFE DANZANTI DIVENNE LEGGENDA TRA I BAMBINI DI VENEZIA, CHE SOGNAVANO DI SCOPRIRE ANCH'ESSI MONDI MAGICI.

QUELLA NOTTE, MENTRE LA LUNA VEGLIAVA SUL SONNO DELLA CITTÀ, COLOMBINA SI ADDORMENTÒ CON UN SORRISO SULLE LABBRA, CULLATA DAI RICORDI DELLA SUA MAGICA AVVENTURA SOTTO LE STELLE.

Morale: questa storia porta i bambini in un viaggio incantato, pieno di mistero e bellezza, enfatizzando il valore dell'amicizia e della scoperta, e si conclude con un dolce invito al sonno e ai sogni.

VIAGGIO DI PANTALONE
ALLA RICERCA DEL TESORO PERDUTO

IN UN VIVACE POMERIGGIO DI CARNEVALE, PANTALONE, VESTITO CON IL SUO ABITO TRADIZIONALE ROSSO E NERO, PASSEGGIAVA PENSIEROSO PER LE CALLI DI VENEZIA. AVEVA APPENA SCOPERTO L'ESISTENZA DI UN ANTICO TESORO PERDUTO, NASCOSTO DA QUALCHE PARTE NELLA CITTÀ, E IL SUO SPIRITO AVVENTUROSO LO SPINSE A CERCARLO.

ARMATO DI UNA VECCHIA MAPPA INGIALLITA E DI UNA BUSSOLA, PANTALONE INIZIÒ IL SUO VIAGGIO ATTRAVERSO I LABIRINTICI VICOLI VENEZIANI. LA MAPPA LO GUIDÒ VERSO LUOGHI DIMENTICATI, TRA PALAZZI IN ROVINA E CORTILI SEGRETI, DOVE ECHEGGIAVANO LE RISATE E LE VOCI DEI PASSATI CARNEVALI.

DURANTE IL SUO VIAGGIO, PANTALONE INCONTRÒ VARI PERSONAGGI DEL CARNEVALE, OGNUNO CON UNA STORIA DA RACCONTARE. UNA STORIA DA RACCONTARE.

DA ARLECCHINO, SEMPRE PRONTO A FARE SCHERZI, RICEVETTE UN INDIZIO IMPORTANTE; COLOMBINA, CON LA SUA GENTILEZZA, LO AIUTÒ A DECIFRARE UN ENIGMA SCRITTO SULLA MAPPA; E IL SAGGIO DOTTOR BALANZONE GLI FORNÌ PREZIOSE INFORMAZIONI SULLA STORIA DELLA CITTÀ E DEL TESORO.

SEGUENDO GLI INDIZI, PANTALONE GIUNSE INFINE IN UNA VECCHIA BIBLIOTECA, DOVE TRA POLVEROSI LIBRI E ANTICHI MANOSCRITTI TROVÒ LA CHIAVE PER LOCALIZZARE IL TESORO. MA, SORPRENDENTEMENTE, IL TESORO NON ERA ORO O GIOIELLI, BENSÌ UNA CASSA PIENA DI VECCHIE MASCHERE DI CARNEVALE, SIMBOLI DI STORIE E TRADIZIONI VENEZIANE.

PANTALONE, CAPENDO IL VERO VALORE DI QUEL TESORO, DECISE DI CONDIVIDERLO CON TUTTA LA CITTÀ. ORGANIZZÒ UNA GRANDE FESTA IN PIAZZA, DOVE OGNI MASCHERA TROVÒ UN NUOVO PROPRIETARIO, PRONTO A DARLE VITA DURANTE IL CARNEVALE.
LA FESTA DURÒ FINO AL TRAMONTO, E LE RISATE E LA MUSICA RIEMPIRONO L'ARIA.

PANTALONE, SODDISFATTO DEL SUO VIAGGIO E DELLA FELICITÀ CHE AVEVA PORTATO, SI SEDETTE A GUARDARE LA FESTA, RIFLETTENDO SU QUANTO FOSSERO PREZIOSE LE TRADIZIONI E LE STORIE DELLA SUA AMATA CITTÀ.

QUELLA NOTTE, MENTRE LA LUNA ILLUMINAVA LE VIE FESTOSE DI VENEZIA, PANTALONE SI ADDORMENTÒ SERENAMENTE, SOGNANDO NUOVE AVVENTURE E I SORRISI FELICI DELLE PERSONE CHE AVEVA INCONTRATO.

Morale: questa storia insegna ai bambini il valore della scoperta e del patrimonio culturale, enfatizzando che il vero tesoro sono le tradizioni e i ricordi condivisi, terminando con un invito al riposo e ai sogni.

BALANZONE E L'ENIGMA DELLA BIBLIOTECA

MISTERI E INTRIGHI TRA I LIBRI ANTICHI

NEL CUORE DI UNA NEBBIOSA MATTINA DI CARNEVALE A BOLOGNA, IL DOTTOR BALANZONE, CON LA SUA TOGA NERA E IL SUO BERRETTO ROSSO, PASSEGGIAVA TRA GLI SCAFFALI DI UNA VECCHIA BIBLIOTECA. ERA ALLA RICERCA DI UN LIBRO RARO, DI CUI AVEVA SENTITO PARLARE IN VECCHIE LEGGENDE, CHE CUSTODIVA SEGRETI ANTICHI E MISTERIOSI.

MENTRE ESPLORAVA, BALANZONE SI IMBATTE IN UN VECCHIO VOLUME NASCOSTO IN UNA NICCHIA POLVEROSA. IL LIBRO, COPERTO DI SIMBOLI STRANI E INDECIFRABILI, SEMBRAVA SUSSURRARGLI, INVITANDOLO A SFOGLIARE LE SUE PAGINE. CON CURIOSITÀ ACCADEMICA, BALANZONE INIZIÒ A LEGGERE, SCOPRENDO CHE IL LIBRO RACCONTAVA LA STORIA DI UN INCANTESIMO PERDUTO, CAPACE DI PORTARE SAGGEZZA E CONOSCENZA.

MA C'ERA UN ENIGMA DA RISOLVERE: PER SBLOCCARE IL POTERE DEL LIBRO, BALANZONE DOVEVA TROVARE TRE OGGETTI MAGICI NASCOSTI NELLA CITTÀ. DECISO A SCOPRIRE QUESTI SEGRETI, IL DOTTOR BALANZONE INTRAPRESE UN VIAGGIO ATTRAVERSO BOLOGNA, ESPLORANDO LUOGHI STORICI E INCONTRANDO PERSONAGGI PITTORESCHI.

IL PRIMO OGGETTO ERA UNA PENNA D'ORO, NASCOSTA NELLA TORRE DEGLI ASINELLI. BALANZONE, CON L'AIUTO DI UN GRUPPO DI STUDENTI FESTOSI, RIUSCÌ A RAGGIUNGERE LA CIMA DELLA TORRE E A TROVARE LA PENNA, CHE BRILLAVA SOTTO IL SOLE MATTUTINO.

IL SECONDO OGGETTO ERA UNA CHIAVE ANTICA, CUSTODITA NEL PALAZZO DEL PODESTÀ. DOPO AVER RISOLTO ENIGMI E INDOVINELLI LASCIATI DAGLI ANTICHI CUSTODI DEL PALAZZO, BALANZONE TROVÒ LA CHIAVE, NASCOSTA IN UN ANTICO SCRIGNO.

L'ULTIMO OGGETTO ERA UNA GEMMA LUMINOSA, CELATA NELLA BASILICA DI SAN PETRONIO.

ATTRAVERSO STUDI E RICERCHE, BALANZONE SCOPRÌ LA GEMMA INCASTONATA IN UN ANTICO AFFRESCO, NASCOSTA ALLA VISTA DI TUTTI.

CON TUTTI E TRE GLI OGGETTI IN SUO POSSESSO, BALANZONE TORNÒ ALLA BIBLIOTECA. POSIZIONANDO LA PENNA, LA CHIAVE E LA GEMMA SUL LIBRO, VIDE LE PAGINE BRILLARE DI UNA LUCE SOFFUSA. L'INCANTESIMO SI ATTIVÒ, E IL LIBRO GLI SVELÒ SAGGEZZE PERDUTE E CONOSCENZE ANTICHE.

RICCO DI NUOVE SCOPERTE, BALANZONE DECISE DI CONDIVIDERE IL SUO SAPERE CON GLI ALTRI, ORGANIZZANDO UNA SERIE DI LETTURE E CONFERENZE PER I BAMBINI DELLA CITTÀ, TRASMETTENDO LORO LA PASSIONE PER LA CONOSCENZA E LA STORIA.

QUELLA NOTTE, MENTRE LE STELLE BRILLAVANO SOPRA BOLOGNA, IL DOTTOR BALANZONE SI ADDORMENTÒ NELLA SUA POLTRONA, CIRCONDATO DA LIBRI E MANOSCRITTI, SOGNANDO MONDI LONTANI E AVVENTURE ANCORA DA SCOPRIRE.

Morale: questa storia insegna ai bambini il valore della conoscenza e della curiosità, invitandoli a esplorare il mondo intorno a loro, e si conclude con un tranquillo invito al sonno e ai sogni.

LA FESTA DI ROSAURA
GIOCHI E ALLEGRIA NEL PALAZZO DEL CARNEVALE

IN UNA LUMINOSA GIORNATA DI CARNEVALE, LA GIOVANE ROSAURA, VESTITA CON UN ELEGANTE ABITO A FIORI E UNA MASCHERA DAI RIFLESSI DORATI, SI AGGIRAVA ECCITATA PER LE VIE DI VENEZIA. QUELLA SERA, NEL SUO PALAZZO, AVREBBE OSPITATO LA FESTA DI CARNEVALE PIÙ SPETTACOLARE DELLA CITTÀ, UN EVENTO ATTESO DA TUTTI CON GRANDE ENTUSIASMO.

MENTRE ROSAURA DECORAVA IL PALAZZO CON FESTONI COLORATI, LANTERNE SCINTILLANTI E FIORI PROFUMATI, I PREPARATIVI PROCEDEVANO FRENETICI. OGNI STANZA DEL PALAZZO ERA STATA TRASFORMATA PER ACCOGLIERE GIOCHI, SPETTACOLI E BANCHETTI, CREANDO UN'ATMOSFERA MAGICA E FESTOSA.

AL CALARE DELLA SERA, GLI OSPITI INIZIARONO AD ARRIVARE, VESTITI CON COSTUMI SFARZOSI E MASCHERE ELABORATE. TRA QUESTI C'ERANO ARLECCHINO, CON IL SUO ABITO COLORATO E IL SUO SPIRITO GIOCOSO; COLOMBINA, ELEGANTE E RAFFINATA; E MOLTI ALTRI PERSONAGGI DEL CARNEVALE, OGNUNO PORTANDO CON SÉ ALLEGRIA E RISATE.

LA FESTA SI ANIMÒ CON DANZE, MUSICA E GIOCHI. ROSAURA, PERFETTA PADRONA DI CASA, SI ASSICURAVA CHE OGNI OSPITE SI SENTISSE BENVENUTO E PARTECIPASSE ALLE ATTIVITÀ. TRA QUESTE, IL GIOCO PIÙ AMATO ERA LA "CACCIA AL TESORO DI CARNEVALE", UN'AVVENTURA CHE PORTAVA GLI OSPITI A ESPLORARE OGNI ANGOLO DEL PALAZZO, RISOLVENDO INDOVINELLI E SCOPRENDO SORPRESE NASCOSTE.

LA SERATA RAGGIUNSE IL SUO APICE CON UNA SPETTACOLARE ESIBIZIONE DI FUOCHI D'ARTIFICIO CHE ILLUMINARONO IL CIELO NOTTURNO, RIFLETTENDOSI NELLE ACQUE DEI CANALI. L'INTERO PALAZZO RISUONAVA DI APPLAUSI E GRIDA DI MERAVIGLIA.
DOPO LA MAGNIFICA ESIBIZIONE, LA FESTA PROSEGUÌ FINO A TARDA NOTTE. ROSAURA, FELICE E SODDISFATTA, SI CONGEDÒ DAI SUOI OSPITI, RINGRAZIANDOLI PER AVER CONDIVISO CON LEI UNA SERATA INDIMENTICABILE.

QUANDO FINALMENTE SI RITIRÒ NELLE SUE STANZE, IL PALAZZO ERA AVVOLTO DA UN SILENZIO PACIFICO. ROSAURA SI ADDORMENTÒ CON IL CUORE PIENO DI GIOIA, SOGNANDO FUTURE FESTE E NUOVE AVVENTURE NEL COLORATO MONDO DEL CARNEVALE.

Morale: questa storia, ricca di colori, musica e allegria, insegna ai bambini il valore della condivisione e dell'ospitalità, e si conclude con un sereno invito al sonno e ai sogni.

STENTERELLO E IL BOSCO DELLE RISATE

UNA GIORNATA DI SCHERZI E SORPRESE

IN UNA MATTINA FRESCA E SOLEGGIATA DI CARNEVALE, STENTERELLO, VESTITO CON IL SUO ABITO COLORATO E IL SUO CAPPELLO A PUNTA, PASSEGGIAVA ALLEGRO PER LE STRADE DI FIRENZE. CONOSCIUTO PER IL SUO SPIRITO VIVACE E IL SUO AMORE PER GLI SCHERZI, STENTERELLO AVEVA IN MENTE UN'AVVENTURA SPECIALE: ESPLORARE IL MISTERIOSO BOSCO DELLE RISATE, UN LUOGO LEGGENDARIO DOVE OGNI ALBERO E OGNI PIETRA SEMBRAVA NASCONDERE UNA SORPRESA.

ENTRANDO NEL BOSCO, STENTERELLO FU SUBITO ACCOLTO DA SUONI E RISATE CHE SEMBRAVANO PROVENIRE DA OGNI DIREZIONE. SEGUENDO IL SENTIERO, TROVÒ ALBERI CHE SUONAVANO MUSICA QUANDO VENIVANO TOCCATI, FIORI CHE CAMBIAVANO COLORE AL PASSAGGIO, E FONTANE CHE SPRUZZAVANO ACQUA PROFUMATA.

IL SUO VIAGGIO NEL BOSCO DIVENNE UN SUSSEGUIRSI DI SCOPERTE DIVERTENTI E SCHERZI BUFFI. STENTERELLO INCONTRÒ ANCHE ALCUNI PERSONAGGI FANTASTICI: FOLLETTI DISPETTOSI CHE GLI PROPONEVANO INDOVINELLI, E ANIMALI PARLANTI CHE LO SFIDAVANO A GIOCHI DI ASTUZIA E VELOCITÀ.

UNO DI QUESTI GIOCHI ERA LA "CORSA DELLE OMBRE", DOVE STENTERELLO DOVEVA CATTURARE LA PROPRIA OMBRA CHE, COME PER MAGIA, SI ERA STACCATA DA LUI E CORREVA LIBERA NEL BOSCO. DOPO UN INSEGUIMENTO ESILARANTE, STENTERELLO RIUSCÌ A CATTURARE L'OMBRA, TRA LE RISATE E GLI APPLAUSI DEGLI ABITANTI DEL BOSCO.

LA GIORNATA PASSÒ TRA GIOCHI E RISATE, E STENTERELLO SI SENTÌ PIÙ FELICE E LEGGERO CHE MAI. AL TRAMONTO, DECISE DI ORGANIZZARE UNO SPETTACOLO DI MARIONETTE PER RINGRAZIARE I NUOVI AMICI DEL BOSCO.

CON FILI E LEGNI TROVATI NEL BOSCO, CREÒ
MARIONETTE CHE RAFFIGURAVANO LE CREATURE
DEL BOSCO, METTENDO IN SCENA UNA COMMEDIA
CHE DIVERTÌ TUTTI.

QUANDO LA NOTTE CALÒ SUL BOSCO DELLE
RISATE, STENTERELLO, STANCO MA SODDISFATTO,
SI ADDORMENTÒ SOTTO UN ALBERO, CULLATO DAI
SUONI DOLCI DELLA NATURA. SOGNÒ DI NUOVE
AVVENTURE E SCHERZI, IN UN MONDO DOVE LA
GIOIA E LA RISATA ERANO I VERI TESORI.

Morale: questa storia, piena di fantasia e allegria, insegna ai
bambini il valore della gioia e dell'immaginazione, e si conclude
con un invito al riposo, in un ambiente sereno e felice.

MENEGHINO E IL PONTE ARCOBALENO
UN'AVVENTURA COLORATA E FANTASTICA

IN UN POMERIGGIO LUMINOSO DI CARNEVALE, MENEGHINO, CON IL SUO COSTUME TRADIZIONALE E IL CAPPELLO A TRE PUNTE, CAMMINAVA PER LE STRADE DI MILANO, OSSERVANDO LE VETRINE DECORATE E LE PERSONE IN FESTA. MENTRE PASSEGGIAVA, NOTÒ QUALCOSA DI STRAORDINARIO: UN PONTE COLOR ARCOBALENO CHE APPARIVA E SCOMPARIVA TRA LE NUVOLE.

CURIOSO E INTRAPRENDENTE, MENEGHINO DECISE DI SCOPRIRE DOVE PORTASSE QUEL PONTE MISTERIOSO. SEGUENDO IL SUO PERCORSO TRA LE NUVOLE, SI TROVÒ IN UN MONDO FANTASTICO, DOVE I COLORI ERANO PIÙ VIVACI E L'ARIA ERA PERVASA DI UNA MAGIA SOTTILE.

QUESTO MONDO ERA ABITATO DA CREATURE INCANTEVOLI: UNICORNI CHE PASCOLAVANO IN PRATI DI CRISTALLO, FARFALLE GIGANTI CHE VOLTEGGIAVANO TRA I FIORI E UCCELLI PARLANTI DAI MILLE COLORI. MENEGHINO, AFFASCINATO DA TANTA BELLEZZA, ESPLORÒ QUESTO MONDO MERAVIGLIOSO, FACENDO AMICIZIA CON LE SUE CREATURE.

DURANTE LA SUA ESPLORAZIONE, SCOPRÌ CHE IL MONDO OLTRE IL PONTE ERA IN PERICOLO:
UN GRIGIO VELO DI TRISTEZZA STAVA LENTAMENTE COPRENDO I COLORI VIVACI, PORTANDO MALINCONIA E SILENZIO. MENEGHINO, DECISO A RIPORTARE LA GIOIA IN QUEL LUOGO, IDEÒ UN PIANO.

RACCOLSE I COLORI PIÙ BRILLANTI DEI FIORI, IL CANTO GIOIOSO DEGLI UCCELLI E LA LUCE SCINTILLANTE DELLE STELLE. CON QUESTI INGREDIENTI, CREÒ UNA POZIONE MAGICA CHE, UNA VOLTA DIFFUSA NELL'ARIA, AVREBBE RIPORTATO LA FELICITÀ E I COLORI VIVACI NEL MONDO OLTRE IL PONTE.

DOPO AVER DIFFUSO LA POZIONE, IL MONDO SI TRASFORMÒ: I COLORI TORNARONO A SPLENDERE, LE CREATURE RICOMINCIARONO A CANTARE E A DANZARE, E L'ATMOSFERA SI RIEMPÌ DI RISATE E ALLEGRIA. MENEGHINO, FELICE DI AVER AIUTATO, FESTEGGIÒ INSIEME A TUTTI GLI ABITANTI DI QUEL LUOGO INCANTATO.

AL CALAR DELLA SERA, MENEGHINO SALUTÒ I SUOI NUOVI AMICI E ATTRAVERSÒ NUOVAMENTE IL PONTE ARCOBALENO, TORNANDO A MILANO. CAMMINANDO PER LE STRADE DELLA CITTÀ, PORTÒ CON SÉ UN PO' DELLA MAGIA E DEI COLORI DI QUEL MONDO FANTASTICO.

QUELLA NOTTE, MENTRE LA LUNA ILLUMINAVA LE VIE DI MILANO, MENEGHINO SI ADDORMENTÒ CON UN SORRISO SULLE LABBRA, SOGNANDO MONDI INCANTATI E AVVENTURE COLORATE.

Morale: questa storia porta i bambini in un viaggio fantastico, insegnando loro l'importanza della gioia e dell'ottimismo, e si conclude con un dolce invito al riposo e ai sogni.

IL SOGNO DI TARTAGLIA
UN VIAGGIO NEL MONDO DEI SOGNI

IN UNA NOTTE STELLATA DI CARNEVALE, TARTAGLIA, CON IL SUO COSTUME SGARGIANTE E LA SUA MASCHERA ESPRESSIVA, SI AVVENTURAVA PER LE VIE DI NAPOLI, RAPITO DALLA MAGIA E DALL'EUFORIA DELLA FESTA. MENTRE LA CITTÀ BRULICAVA DI LUCI E SUONI, TARTAGLIA SI SENTÌ ATTRATTO DA UN MISTERIOSO NEGOZIO DI ANTIQUARIATO, DOVE TROVÒ UN VECCHIO CIONDOLO A FORMA DI LUNA.

INDOSSANDO IL CIONDOLO, TARTAGLIA SI ADDORMENTÒ E SI RITROVÒ IN UN MONDO ONIRICO, DOVE I SOGNI DIVENTAVANO REALTÀ E L'IMMAGINAZIONE NON AVEVA LIMITI. IN QUESTO MONDO, LE STRADE ERANO FATTE DI NUVOLE, GLI EDIFICI BRILLAVANO COME CRISTALLI E GLI ALBERI SUONAVANO MELODIE INCANTEVOLI.

TARTAGLIA INCONTRÒ STRANI E MERAVIGLIOSI PERSONAGGI: UN GATTO PARLANTE CHE NARRAVA STORIE DI MONDI LONTANI, UN OROLOGIO CHE POTEVA FERMARE E RIAVVIARE IL TEMPO, E UNA FARFALLA GIGANTE CHE LO PORTÒ A VOLARE SOPRA PAESAGGI FANTASTICI.

NEL SUO VIAGGIO, TARTAGLIA SCOPRÌ CHE IL MONDO DEI SOGNI ERA MINACCIATO DA UN'OMBRA OSCURA CHE CERCAVA DI TRASFORMARE I SOGNI IN INCUBI. DECISO A SALVARE QUEL MONDO INCANTATO, TARTAGLIA SI MISE IN CERCA DELLA FONTE DI QUELL'OMBRA.

CON L'AIUTO DEI SUOI NUOVI AMICI, TARTAGLIA VIAGGIÒ ATTRAVERSO IL MONDO DEI SOGNI, AFFRONTANDO SFIDE E RISOLVENDO ENIGMI.
 INFINE, GIUNSE A UN PALAZZO DI SPECCHI, DOVE TROVÒ L'OMBRA OSCURA: ERA LA MANIFESTAZIONE DELLE PAURE E DEI DUBBI DELLE PERSONE.

CON CORAGGIO E DETERMINAZIONE, TARTAGLIA AFFRONTÒ L'OMBRA, PARLANDOLE CON GENTILEZZA E COMPRENSIONE. LE SUE PAROLE TOCCARONO L'OMBRA, CHE SI TRASFORMÒ IN UNA LUCE BRILLANTE, PORTANDO SERENITÀ E PACE NEL MONDO DEI SOGNI.

AL SUO RISVEGLIO, TARTAGLIA SI RITROVÒ DI NUOVO A NAPOLI, CON IL CIONDOLO ANCORA AL COLLO. I RICORDI DEL SUO VIAGGIO NEL MONDO DEI SOGNI RIMASERO VIVIDI NELLA SUA MENTE, COME UN SEGRETO PREZIOSO DA CUSTODIRE.

QUELLA NOTTE, MENTRE LE STELLE BRILLAVANO SOPRA LA CITTÀ FESTANTE, TARTAGLIA SI ADDORMENTÒ CON UN SORRISO, SOGNANDO DI NUOVE AVVENTURE IN MONDI FANTASTICI E LONTANI.

Morale: questa storia immagina un viaggio nel mondo dei sogni, insegnando ai bambini il valore del coraggio e della gentilezza, e si conclude con un invito a sognare e a riposare serenamente.

BRIGHELLA E IL VOLO MAGICO

ALI E INCANTESIMI NELLA NOTTE DI CARNEVALE

NELLA FREDDA SERATA DI CARNEVALE, BRIGHELLA, CON IL SUO ABITO VERDE E LA SUA MASCHERA ASTUTA, VAGAVA PER LE VIE DI BERGAMO, ASSORTO NEI SUOI PENSIERI. LA CITTÀ ERA ILLUMINATA DA MILLE LUCI E RISUONAVA DI MUSICA E RISATE, MA BRIGHELLA CERCAVA QUALCOSA DI DIVERSO, QUALCOSA DI MAGICO.

LA SUA RICERCA LO PORTÒ IN UNA VECCHIA BOTTEGA, DOVE UN ANZIANO MAGO GLI OFFRÌ UNA POZIONE SPECIALE: "BEVILA," DISSE IL MAGO, "E VIVRAI UN'AVVENTURA CHE MAI AVRESTI IMMAGINATO."
CON UN MISTO DI CURIOSITÀ E DI ECCITAZIONE, BRIGHELLA BEVVE LA POZIONE E SI RITROVÒ TRASFORMATO, DOTATO DI MAGNIFICHE ALI IRIDESCENTI.

CON LE SUE NUOVE ALI, BRIGHELLA SI ALZÒ IN VOLO, SORVOLANDO LA CITTÀ ADDORMENTATA. LA SENSAZIONE DI LIBERTÀ ERA ELETTRIZZANTE, E IL PANORAMA CHE SI ESTENDEVA SOTTO DI LUI ERA MOZZAFIATO. VOLANDO PIÙ IN ALTO, RAGGIUNSE UN CIELO STELLATO E LUMINOSO, DOVE INCONTRÒ ALTRE CREATURE VOLANTI: UCCELLI PARLANTI, DRAGHI AMICHEVOLI E STELLE CADENTI CHE GLI RACCONTAVANO SEGRETI DELL'UNIVERSO.

BRIGHELLA SCOPRÌ PRESTO CHE IL CIELO NOTTURNO NASCONDEVA UN MISTERO: UNA STELLA ERA IN PERICOLO, OSCURATA DA UNA NUBE CUPA E MINACCIOSA. SENTENDOSI CORAGGIOSO E AVVENTUROSO, DECISE DI AIUTARE LA STELLA A RITROVARE LA SUA LUCE.

AFFRONTANDO LA NUBE OSCURA, BRIGHELLA USÒ LA SUA ASTUZIA E IL SUO SPIRITO VIVACE PER DISPERDERLA, RIVELANDO LA STELLA CHE BRILLAVA DIETRO. LA STELLA, GRATA, DONÒ A BRIGHELLA UNA PICCOLA LUCE SCINTILLANTE DA PORTARE CON SÉ COME RICORDO DELLA SUA AVVENTURA.

DOPO AVER ESPLORATO IL CIELO E AVER FATTO NUOVE AMICIZIE, BRIGHELLA SENTÌ IL RICHIAMO DELLA TERRA. SCENDENDO DOLCEMENTE, LASCIÒ IL CIELO STELLATO PER TORNARE ALLE STRADE DI BERGAMO. CON LE SUE ALI CHE LENTAMENTE SVANIVANO, BRIGHELLA SI RITROVÒ DI NUOVO UMANO, MA CON IL CUORE PIENO DI STORIE E MAGIA.

CAMMINANDO PER LE VIE DELLA CITTÀ, ORA SILENZIOSE, BRIGHELLA SI SENTIVA DIVERSO, COME SE AVESSE SCOPERTO UNA PARTE DI SÉ CHE NON CONOSCEVA. QUELLA NOTTE, SOTTO LE COPERTE CALDE, SORRISE PENSANDO ALLE SUE AVVENTURE E SI ADDORMENTÒ SERENAMENTE, SOGNANDO CIELI INFINITI E VOLI MAGICI.

Morale: questa storia porta i bambini in un viaggio fantastico attraverso il cielo, insegnando loro il valore della curiosità e dell'avventura, e si conclude con un invito a sognare e a riposare in pace.

IL MISTERO DI FAGIOLINO
UN'INDAGINE BUFFA E MISTERIOSA

IN UNA SOLEGGIATA MATTINA DI CARNEVALE, FAGIOLINO, CON IL SUO COSTUME VIVACE E IL CAPPELLO A PUNTA, PASSEGGIAVA PER LE VIE DI MODENA, TRA BANCARELLE COLORATE E MUSICHE FESTOSE. MENTRE SI GODEVA LA VIVACITÀ DELLA FESTA, NOTÒ QUALCOSA DI STRANO: UNA SERIE DI INDIZI BIZZARRI E MISTERIOSI SPARSI PER LA CITTÀ.

CURIOSO E INTRAPRENDENTE, FAGIOLINO DECISE DI INDAGARE. IL PRIMO INDIZIO ERA UN MESSAGGIO ENIGMATICO SCRITTO SU UN VECCHIO MURO, SEGUITO DA UNA SERIE DI IMPRONTE MISTERIOSE CHE LO PORTARONO IN DIVERSI ANGOLI DELLA CITTÀ.
OGNI INDIZIO SEMBRAVA FAR PARTE DI UN PUZZLE PIÙ GRANDE, E FAGIOLINO SI SENTÌ COME UN VERO DETECTIVE.

NEL CORSO DELLA SUA INDAGINE, FAGIOLINO INCONTRÒ VARI PERSONAGGI DEL CARNEVALE, OGNUNO CON LA PROPRIA STORIA E IL PROPRIO PICCOLO MISTERO DA SVELARE. TRA QUESTI, INCONTRÒ LA SAGGIA COLOMBINA, CHE GLI SUGGERÌ DI PRESTARE ATTENZIONE AI DETTAGLI PIÙ PICCOLI; IL BUFFO ARLECCHINO, CHE LO DISTRASSE CON I SUOI SCHERZI; E IL MISTERIOSO DOTTOR BALANZONE, CHE GLI DIEDE CONSIGLI CRITTOGRAFATI.

SEGUENDO LA TRACCIA DEGLI INDIZI, FAGIOLINO GIUNSE INFINE ALLA SCOPERTA DI UN TESORO NASCOSTO: UNA VECCHIA CASSA PIENA DI ANTICHI COSTUMI DI CARNEVALE, OGNUNO CON LA SUA MAGICA STORIA E UNA CARATTERISTICA CHE LO RENDEVA UNICO. COMPRENDENDO CHE IL VERO TESORO ERA LA TRADIZIONE E LA CULTURA DEL CARNEVALE, DECISE DI CONDIVIDERE LA SUA SCOPERTA CON LA CITTÀ.

ORGANIZZÒ UNA MOSTRA APERTA A TUTTI, DOVE I COSTUMI VENNERO ESPOSTI INSIEME ALLE LORO STORIE. LA MOSTRA FU UN SUCCESSO, E LA GENTE DI MODENA SI RIUNÌ PER CELEBRARE LA RICCA STORIA DEL LORO CARNEVALE.

QUELLA SERA, MENTRE LE LUCI DEL TRAMONTO TINGEVANO DI ROSSO LE VIE DELLA CITTÀ, FAGIOLINO SI SENTÌ SODDISFATTO DEL SUO LAVORO DI DETECTIVE. AVEVA NON SOLO RISOLTO UN MISTERO, MA AVEVA ANCHE AIUTATO LA SUA COMUNITÀ A RISCOPRIRE UN PEZZO DELLA PROPRIA STORIA.

QUELLA NOTTE, SOTTO UN CIELO STELLATO, FAGIOLINO SI ADDORMENTÒ CON UN SORRISO, SOGNANDO NUOVI MISTERI DA RISOLVERE E AVVENTURE DA VIVERE NEL COLORATO MONDO DEL CARNEVALE.

Morale: questa storia coinvolge i bambini in un'avventura investigativa, insegnando loro il valore della curiosità e del rispetto per la tradizione, e si conclude con un invito al riposo e ai sogni.

GIANDUJA E IL CIRCO DELLE MERAVIGLIE
ACROBAZIE E MAGIE SOTTO IL TENDONE

IN UNA SERATA FRIZZANTE DI CARNEVALE, GIANDUJA, CON IL SUO INCONFONDIBILE COSTUME E IL SUO CAPPELLO TRICORNO, CAMMINAVA PER LE STRADE DI TORINO, TRA RISATE E CHIACCHIERE FESTOSE. MENTRE SI GODEVA LA GIOIA DEL CARNEVALE, LA SUA ATTENZIONE FU CATTURATA DA UN GRANDE CIRCO COLORATO CHE SI ERA APPENA INSTALLATO IN CITTÀ.

GIANDUJA, ENTUSIASTA E SEMPRE ALLA RICERCA DI NUOVE ESPERIENZE, HA DECISO DI VISITARE IL CIRCUS OF MERMAIDS. APPENA ENTRATO SOTTO IL GRANDE TENDONE, SI TROVÒ IMMERSO IN UN MONDO DI STUPORE: ACROBATI CHE VOLTEGGIAVANO NELL'ARIA, MAGHI CHE COMPIVANO TRUCCHI INCREDIBILI, E CLOWN CHE FACEVANO RIDERE TUTTI A CREPAPELLE.

GIANDUJA FU TALMENTE AFFASCINATO DALLO SPETTACOLO CHE CHIESE DI UNIRSI AL CIRCO PER UNA SERA. IL DIRETTORE, COLPITO DALLA SUA ALLEGRIA E DAL SUO SPIRITO VIVACE, ACCONSENTÌ CON ENTUSIASMO, AFFIDANDOGLI IL RUOLO DI CLOWN.

QUELLA SERA, GIANDUJA DIEDE IL MEGLIO DI SÉ, FACENDO DIVERTIRE IL PUBBLICO CON LE SUE BUFFE ACROBAZIE E I SUOI SCHERZI ESILARANTI. LA SUA PERFORMANCE FU COSÌ APPREZZATA CHE IL PUBBLICO LO ACCLAMÒ COME LA STELLA DELLO SPETTACOLO.

NEL CORSO DELLA SERATA, GIANDUJA SCOPRÌ CHE IL CIRCO NASCONDEVA UN SEGRETO MAGICO: OGNI ARTISTA POSSEDEVA UN TALENTO UNICO, CHE VENIVA VALORIZZATO E CELEBRATO NEL CIRCO. QUESTO RENDEVA IL CIRCO DELLE MERAVIGLIE UN LUOGO SPECIALE, DOVE OGNUNO POTEVA ESPRIMERE LIBERAMENTE LA PROPRIA ARTE.

ISPIRATO DA QUESTA SCOPERTA, GIANDUJA DECISE DI PORTARE UN PO' DI QUELLA MAGIA NELLA SUA CITTÀ.

ORGANIZZÒ UNA PARATA DI CARNEVALE DOVE INVITÒ GLI ARTISTI DEL CIRCO A ESIBIRSI, PORTANDO COSÌ LA MAGIA E LA MERAVIGLIA DEL CIRCO PER LE STRADE DI TORINO.

LA PARATA FU UN SUCCESSO TRAVOLGENTE, E LA CITTÀ INTERA SI UNÌ IN UNA FESTA DI COLORI, MUSICA E RISATE. GIANDUJA, AL CENTRO DELL'EVENTO, SI SENTÌ GRATO PER AVER POTUTO CONDIVIDERE QUELLA MAGIA CON TUTTI.

QUELLA NOTTE, MENTRE IL CARNEVALE CONTINUAVA A INFIAMMARE LE STRADE, GIANDUJA SI ADDORMENTÒ CON UN SORRISO, SOGNANDO DI NUOVE AVVENTURE E DI MONDI INCANTATI DOVE LA MAGIA E LA GIOIA ERANO SEMPRE PRESENTI.

Morale: questa storia insegna ai bambini il valore dell'espressione artistica e della condivisione, portandoli in un viaggio fantastico nel mondo del circo, e si conclude con un dolce invito al riposo e ai sogni.

LA GARA DI PEPPE NAPPA
SFIDE E RISATE IN PIAZZA

IN UNA LUMINOSA MATTINA DI CARNEVALE, PEPPE NAPPA, CON IL SUO COSTUME COLORATO E IL SUO GRANDE CAPPELLO, CAMMINAVA ECCITATO PER LE STRADE DI PALERMO, IMMERSO NELLA FESTA CHE ANIMAVA LA CITTÀ. QUEL GIORNO, IN PIAZZA, SI SAREBBE TENUTA LA TRADIZIONALE "GARA DI PEPPE NAPPA", UN EVENTO ATTESO DA TUTTI, PIENO DI GIOCHI, SFIDE E RISATE.

PEPPE NAPPA, CONOSCIUTO PER IL SUO SPIRITO ALLEGRO E LA SUA GRANDE ENERGIA, AVEVA PREPARATO UNA SERIE DI GIOCHI DIVERTENTI E ORIGINALI. TRA QUESTI, C'ERA LA CORSA CON I SACCHI, IL TIRO ALLA FUNE E UNA GARA DI SCHERZI DOVE I PARTECIPANTI DOVEVANO FARE RIDERE IL PUBBLICO CON LE LORO BUFFONATE.

MENTRE LA PIAZZA SI RIEMPIVA DI GENTE, L'ATMOSFERA DIVENTAVA SEMPRE PIÙ FESTOSA. BAMBINI E ADULTI, TUTTI ENTUSIASTI, PARTECIPAVANO AI GIOCHI, INCORAGGIATI DALLE RISATE E DAGLI APPLAUSI DI PEPPE NAPPA.

UNO DEI MOMENTI PIÙ EMOZIONANTI FU LA ''SFIDA DEI NARRATORI'', DOVE I PARTECIPANTI DOVEVANO INVENTARE STORIE DIVERTENTI E FANTASIOSE. PEPPE NAPPA, CON IL SUO TALENTO NATURALE PER LA NARRAZIONE, INCANTÒ IL PUBBLICO CON UNA STORIA STRAORDINARIA DI AVVENTURE E MAGIA, RICEVENDO UN'OVAZIONE.

MA LA VERA SORPRESA DELLA GIORNATA FU LA ''CACCIA AL TESORO DI PEPPE NAPPA''. NASCOSTO DA QUALCHE PARTE IN PIAZZA, C'ERA UN TESORO CHE CONTENEVA BIGLIETTI PER SPETTACOLI, DOLCI TIPICI DEL CARNEVALE E ALTRI PICCOLI PREMI. TUTTI PARTECIPARONO CON ENTUSIASMO, CERCANDO INDIZI E RISOLVENDO ENIGMI.

ALLA FINE DELLA GIORNATA, IL TESORO FU TROVATO DA UN GRUPPO DI BAMBINI, CHE CONDIVISERO LA LORO GIOIA E I LORO PREMI CON TUTTI GLI ALTRI. PEPPE NAPPA, FELICE DI AVER PORTATO TANTA ALLEGRIA, CHIUSE LA GIORNATA CON UN GRANDE SPETTACOLO DI FUOCHI D'ARTIFICIO CHE ILLUMINARONO IL CIELO DI PALERMO.

QUELLA SERA, MENTRE LA CITTÀ ANCORA RISUONAVA DI RISATE E MUSICA, PEPPE NAPPA SI ADDORMENTÒ, STANCO MA SODDISFATTO. SOGNÒ DI NUOVE FESTE E NUOVE AVVENTURE, DOVE LA GIOIA E IL DIVERTIMENTO ERANO SEMPRE PROTAGONISTI.

Morale: Questa storia incoraggia i bambini a partecipare e a godersi la gioia del gioco e della condivisione, mostrando come la festa e l'allegria possano unire una comunità, e si conclude con un invito al riposo e ai sogni.

RUGANTINO E LA MELODIA PERDUTA
MUSICA E EMOZIONI NEL CUORE DI ROMA

NELLE CALDE SERATE DI CARNEVALE, RUGANTINO, CON LA SUA GIACCA ROSSA E IL SUO FAZZOLETTO AL COLLO, PASSEGGIAVA PER LE ANTICHE STRADE DI ROMA, TRA RISATE E CANTI CHE SI LEVAVANO NELL'ARIA.

QUELLA SERA, PERÒ, SENTÌ UN'ARIA DI MALINCONIA: UNA FAMOSA MELODIA DEL CARNEVALE ROMANO ERA ANDATA PERDUTA, E CON ESSA UNA PARTE DELLA GIOIA DELLA FESTA.

DECISO A RIPORTARE LA MELODIA E L'ALLEGRIA NELLA SUA CITTÀ, RUGANTINO INIZIÒ LA SUA RICERCA. CHIESE AI VECCHI CANTASTORIE, ESPLORÒ ANTICHE BIBLIOTECHE E CONSULTÒ MUSICISTI DI STRADA, MA LA MELODIA SEMBRAVA SVANITA NEL NULLA.

NON SCORAGGIATO, RUGANTINO CONTINUÒ A CERCARE, SENTENDO CHE QUELLA MELODIA ERA PIÙ DI UNA SEMPLICE CANZONE, MA UN LEGAME CON LA STORIA E LA CULTURA DI ROMA. LA SUA DETERMINAZIONE LO PORTÒ A UN VECCHIO QUARTIERE, DOVE INCONTRÒ UNA ANZIANA SIGNORA CHE RICORDAVA LA MELODIA DA BAMBINA.

LA SIGNORA, CON LA SUA VOCE TREMULA MA ANCORA CHIARA, INIZIÒ A CANTARE LA MELODIA PERDUTA.

RUGANTINO, COMMOSSO E ISPIRATO, IMPARÒ LA CANZONE E DECISE DI CONDIVIDERLA CON TUTTI. ORGANIZZÒ UN GRANDE CONCERTO IN PIAZZA, INVITANDO MUSICISTI DI OGNI ETÀ A UNIRSI A LUI.

LA SERA DEL CONCERTO, LA PIAZZA SI RIEMPÌ DI GENTE, E QUANDO RUGANTINO INIZIÒ A CANTARE LA MELODIA PERDUTA, UN'ONDA DI EMOZIONE TRAVOLSE LA FOLLA. LA CANZONE, CON IL SUO RITMO VIVACE E LA SUA MELODIA ALLEGRA, RIPORTÒ LA GIOIA E LA FESTA NEL CUORE DI ROMA.

IL CONCERTO PROSEGUÌ FINO A TARDA NOTTE, CON CANZONI, DANZE E STORIE CHE CELEBRAVANO LA RICCA TRADIZIONE CULTURALE DELLA CITTÀ. RUGANTINO, AL CENTRO DI TUTTO, SI SENTÌ ORGOGLIOSO DI AVER CONTRIBUITO A RIVITALIZZARE LO SPIRITO DEL CARNEVALE ROMANO.

QUELLA NOTTE, MENTRE LE STELLE BRILLAVANO SOPRA LA CITTÀ ETERNA, RUGANTINO SI ADDORMENTÒ CON UN SORRISO, SOGNANDO DI MELODIE ANTICHE E NUOVE AVVENTURE, FELICE

DI AVER RIPORTATO LA MUSICA E LA GIOIA NELLE VIE DI ROMA.

Morale: questa storia insegna ai bambini l'importanza delle tradizioni e della cultura, mostrando come la musica possa unire le persone e riportare gioia in una comunità, e si conclude con un invito al riposo e ai sogni.

IL BALLO DI SCARAMUCCIA
DANZE E INTRIGHI SOTTO LA MASCHERA

IN UNA NOTTE DI CARNEVALE, SOTTO UN CIELO TEMPESTATO DI STELLE, SCARAMUCCIA, CON LA SUA ELEGANTE MASCHERA NERA E IL SUO MANTELLO SCURO, PASSEGGIAVA CON UN'ARIA MISTERIOSA PER LE STRADE DI VENEZIA. ERA LA NOTTE DEL GRANDE BALLO DI SCARAMUCCIA, UN EVENTO ANNUALE PIENO DI MISTERO, DANZA E INTRIGHI.

SCARAMUCCIA, NOTO PER IL SUO INGEGNO E LA SUA ABILITÀ NELL'ARTE DELLA SPADA, AVEVA PIANIFICATO UN BALLO DIVERSO DA TUTTI GLI ALTRI. OGNI OSPITE DOVEVA INDOSSARE UNA MASCHERA E PARTECIPARE A UN GIOCO DI MISTERO, DOVE INDIZI ERANO NASCOSTI IN TUTTA LA SALA DEL BALLO.

MENTRE LA MUSICA INIZIAVA A SUONARE E I DANZATORI RIEMPIVANO LA SALA CON MOVIMENTI ELEGANTI, SCARAMUCCIA OSSERVAVA CON ATTENZIONE, CERCANDO DI SCOPRIRE I SEGRETI NASCOSTI DIETRO OGNI MASCHERA. IL GIOCO SI TRASFORMÒ IN UN'AVVENTURA AFFASCINANTE, CON GLI OSPITI CHE RISOLVEVANO ENIGMI E SCOPRIVANO INDIZI.

UNO DEGLI OSPITI, UNA DAMA MISTERIOSA CON UNA MASCHERA ARGENTATA, ATTIRÒ L'ATTENZIONE DI SCARAMUCCIA. LA LORO DANZA DIVENNE UN DUELLO GIOCOSO DI PAROLE E SGUARDI, UN'INTESA CHE ANDAVA OLTRE IL SEMPLICE GIOCO. LA DAMA, CON LA SUA INTELLIGENZA E IL SUO FASCINO, SI RIVELÒ UN'AVVERSARIA DEGNA DI SCARAMUCCIA.

NEL CORSO DELLA SERATA, IL MISTERO SI INTENSIFICÒ, E SCARAMUCCIA CAPÌ CHE IL GIOCO NASCONDEVA QUALCOSA DI PIÙ PROFONDO: UNA STORIA D'AMORE PERDUTA, RACCONTATA ATTRAVERSO GLI INDIZI. LA DAMA ARGENTATA ERA LA CHIAVE PER SVELARE QUESTO ANTICO SEGRETO.

ALLA FINE DEL BALLO, SCARAMUCCIA E LA DAMA ARGENTATA SCOPRIRONO L'ULTIMO INDIZIO, CHE RIVELÒ UNA STORIA ROMANTICA LEGATA AL PASSATO DEL PALAZZO DOVE SI SVOLGEVA IL BALLO. LA RIVELAZIONE AGGIUNSE UN TOCCO DI MAGIA E ROMANTICISMO ALLA SERATA, LASCIANDO TUTTI GLI OSPITI INCANTATI.

QUANDO IL BALLO GIUNSE AL TERMINE, SCARAMUCCIA SI CONGEDÒ DALLA SUA MISTERIOSA DAMA, SPERANDO DI INCONTRARLA DI NUOVO IN UN FUTURO CARNEVALE. CAMMINANDO LUNGO I CANALI DI VENEZIA, SI SENTÌ SODDISFATTO E INCURIOSITO DAL MISTERO CHE AVEVA APPENA VISSUTO.

QUELLA NOTTE, MENTRE VENEZIA DORMIVA AVVOLTA NEI SUOI SEGRETI, SCARAMUCCIA SI ADDORMENTÒ PENSANDO ALLE DANZE, AGLI INTRIGHI E ALLE STORIE NASCOSTE DIETRO OGNI MASCHERA DEL CARNEVALE.

Morale: quella notte, mentre Venezia dormiva avvolta nei suoi segreti, Scaramuccia si addormentò pensando alle danze, agli intrighi e alle storie nascoste dietro ogni maschera del Carnevale.

COVIELLO E IL TESORO DEL MARE
UN'AVVENTURA TRA ONDE E PIRATI

IN UNA MATTINATA SOLEGGIATA DI CARNEVALE, COVIELLO, CON IL SUO COSTUME SGARGIANTE E LA SUA MASCHERA ALLEGRA, PASSEGGIAVA LUNGO LA SPIAGGIA DI UNA PICCOLA CITTÀ COSTIERA. LA GIORNATA ERA PERFETTA PER UN'AVVENTURA, E COVIELLO NON FU DELUSO QUANDO SCOPRÌ UNA VECCHIA MAPPA DEL TESORO PARZIALMENTE SEPOLTA NELLA SABBIA,

LA MAPPA LO GUIDAVA VERSO UN'ISOLA MISTERIOSA, NASCOSTA TRA LE ONDE DEL MARE. DECISO A SCOPRIRE IL TESORO, COVIELLO SI IMBARCÒ SU UNA PICCOLA NAVE, PRONTA A SOLCARE I MARI IN CERCA DELL'AVVENTURA.

DURANTE IL VIAGGIO, COVIELLO DOVETTE AFFRONTARE SFIDE ECCITANTI: TEMPESTE IMPROVVISI, CORRENTI MISTERIOSE E PERSINO UN GRUPPO DI PIRATI BUFFI MA ASTUTI. CON IL SUO INGEGNO E LA SUA ABILITÀ NELLA SPADA, COVIELLO RIUSCÌ A SUPERARE OGNI OSTACOLO, AVVICINANDOSI SEMPRE PIÙ ALL'ISOLA DEL TESORO.

GIUNTO SULL'ISOLA, COVIELLO INIZIÒ LA SUA RICERCA. LA MAPPA LO GUIDAVA ATTRAVERSO GIUNGLE FITTE, SPIAGGE DORATE E GROTTE NASCOSTE. OGNI PASSO ERA UN'AVVENTURA, CON NUOVE SORPRESE AD OGNI ANGOLO.

FINALMENTE, DOPO UN LUNGO VIAGGIO, COVIELLO TROVÒ IL TESORO: UNA CASSA PIENA DI PERLE LUCENTI, MONETE D'ORO E GEMME PREZIOSE.

MA IL VERO TESORO ERA IL DIARIO DI UN ANTICO PIRATA, CHE RACCONTAVA STORIE DI MARE, AVVENTURE E AMICIZIE FORMATE NEI VIAGGI.

COVIELLO, ISPIRATO DALLE STORIE DEL PIRATA, DECISE DI PORTARE IL TESORO E IL DIARIO NELLA SUA CITTÀ, PER CONDIVIDERLI CON TUTTI. ORGANIZZÒ UNA GRANDE FESTA IN PIAZZA, DOVE RACCONTÒ LE SUE AVVENTURE E MOSTRÒ I TESORI TROVATI.

LA FESTA FU UN SUCCESSO STRAORDINARIO, E LA STORIA DI COVIELLO E DEL TESORO DEL MARE DIVENNE UNA LEGGENDA TRA I BAMBINI DELLA CITTÀ, CHE SOGNAVANO DI VIVERE LE PROPRIE AVVENTURE.

QUELLA SERA, MENTRE LE ONDE DEL MARE ACCAREZZAVANO DOLCEMENTE LA SPIAGGIA, COVIELLO SI ADDORMENTÒ SOTTO LE STELLE, SOGNANDO NUOVI MARI DA ESPLORARE E NUOVE STORIE DA VIVERE.

Morale: questa storia porta i bambini in un viaggio emozionante pieno di avventura e scoperta, insegnando loro il valore del coraggio e della condivisione, e si conclude con un invito a sognare e a riposare serenamente.

LA NOTTE STELLATA DI CAPITAN SPAVENTA
EROI E AVVENTURE TRA LE STELLE

IN UNA SCINTILLANTE NOTTE DI CARNEVALE, CAPITAN SPAVENTA, CON IL SUO COSTUME DA CAPITANO E IL SUO MANTELLO ONDEGGIANTE, SI AVVENTURAVA PER LE VIE DI GENOVA, OSSERVANDO IL CIELO STELLATO SOPRA DI LUI. QUELLA NOTTE, UNA STELLA CADENTE PARTICOLARMENTE LUMINOSA ATTRAVERSÒ IL CIELO, ILLUMINANDO LA CITTÀ CON UNA LUCE MAGICA.

INTRIGATO DA QUESTO FENOMENO CELESTIALE, CAPITAN SPAVENTA DECISE DI INDAGARE.

CON L'AIUTO DI UN VECCHIO ASTRONOMO E DI UNA MAPPA STELLARE, SCOPRÌ CHE LA STELLA CADENTE ERA IN REALTÀ UNA NAVE SPAZIALE PROVENIENTE DA UN MONDO LONTANO.

DECISO A ESPLORARE QUESTO NUOVO MONDO, CAPITAN SPAVENTA COSTRUÌ UN RAZZO CON L'AIUTO DI ABILI ARTIGIANI E INVENTORI DELLA CITTÀ. UNA VOLTA COMPLETATO, SI LANCIÒ NEL CIELO NOTTURNO, INIZIANDO UN'AVVENTURA SENZA PRECEDENTI.

VIAGGIANDO ATTRAVERSO LO SPAZIO, CAPITAN SPAVENTA INCONTRÒ MERAVIGLIE COSMICHE: GALASSIE LUCCICANTI, PIANETI COLORATI E ASTEROIDI CHE DANZAVANO NELL'OSCURITÀ DELLO SPAZIO. LA SUA DESTINAZIONE ERA UN PIANETA LONTANO, DOVE SPERAVA DI TROVARE LA NAVE STELLARE CADUTA.

ARRIVATO SUL PIANETA, CAPITAN SPAVENTA SCOPRÌ UNA CIVILTÀ AVANZATA, CON ESSERI STRAORDINARI CHE VIVEVANO IN ARMONIA CON LA NATURA E LA TECNOLOGIA.

GLI ABITANTI DEL PIANETA, AFFASCINATI DA QUESTO EROE TERRESTRE, LO ACCOLSERO CON CALORE E GLI MOSTRARONO LA LORO CULTURA E LE LORO SCOPERTE.

CAPITAN SPAVENTA APPRESE CHE LA NAVE STELLARE ERA CADUTA ACCIDENTALMENTE SULLA TERRA DURANTE UN'ESPLORAZIONE SPAZIALE. CON L'AIUTO DEGLI ABITANTI DEL PIANETA, RIUSCÌ A RIPARARE LA NAVE E A PREPARARSI PER IL VIAGGIO DI RITORNO.

PRIMA DI PARTIRE, GLI ABITANTI DEL PIANETA GLI DONARONO UN CRISTALLO LUMINOSO COME SEGNO DI AMICIZIA E CONOSCENZA CONDIVISA. CAPITAN SPAVENTA, GRATO E ISPIRATO DA QUESTA ESPERIENZA, TORNÒ SULLA TERRA, PORTANDO CON SÉ IL CRISTALLO E STORIE INCREDIBILI DI MONDI LONTANI.

QUELLA NOTTE, MENTRE IL SUO RAZZO ATTERRAVA TRA LE LUCI DEL CARNEVALE DI GENOVA, CAPITAN SPAVENTA SI ADDORMENTÒ,

SOGNANDO NUOVE AVVENTURE NELLO SPAZIO E INCONTRI CON CIVILTÀ MISTERIOSE E MERAVIGLIOSE.

Morale: questa storia immagina un viaggio straordinario nello spazio, mostrando ai bambini l'importanza della curiosità, dell'esplorazione e dell'amicizia, e si conclude con un invito a sognare e a riposare serenamente.

IL SOGNO INCANTATO DI SMERALDINA
INCANTESIMI E SEGRETI IN UN MONDO FATATO

IN UNA NOTTE INCANTATA DI CARNEVALE, SMERALDINA, CON IL SUO ABITO SCINTILLANTE E LA SUA MASCHERA LUMINOSA, VAGAVA PER LE STRADE DI UN ANTICO BORGO, CIRCONDATA DA UNA ATMOSFERA MAGICA. LA LUNA PIENA ILLUMINAVA IL PAESAGGIO, CREANDO OMBRE E LUCI MISTERIOSE.

MENTRE PASSEGGIAVA, SMERALDINA INCIAMPÒ IN UNA PICCOLA PIETRA CHE BRILLAVA DI UNA LUCE STRANA.

CURIOSA, LA RACCOLSE E SI RITROVÒ TRASPORTATA IN UN MONDO FATATO, UN LUOGO DOVE LA MAGIA REGNAVA SOVRANA E OGNI COSA SEMBRAVA POSSIBILE.

QUESTO MONDO ERA ABITATO DA CREATURE INCANTEVOLI: FATE CHE DANZAVANO NELL'ARIA, UNICORNI CHE PASSEGGIAVANO IN PRATI FIORITI E ALBERI CHE PARLAVANO CON VOCI SUSSURRANTI. SMERALDINA, AFFASCINATA DA QUESTO LUOGO MERAVIGLIOSO, DECISE DI ESPLORARLO.

NEL SUO VIAGGIO, INCONTRÒ LA REGINA DELLE FATE, UNA FIGURA MAESTOSA E GENTILE, CHE LE CHIESE AIUTO PER RISOLVERE UN MISTERO CHE MINACCIAVA IL REGNO FATATO. UNA FORZA OSCURA STAVA CERCANDO DI SPEGNERE LA LUCE MAGICA CHE PROTEGGEVA IL REGNO.

SMERALDINA, CON IL SUO SPIRITO CORAGGIOSO E LA SUA INTELLIGENZA, ACCETTÒ DI AIUTARE LA REGINA. INSIEME, INTRAPRESERO UN VIAGGIO ATTRAVERSO IL REGNO FATATO, INCONTRANDO SVARIATE CREATURE E AFFRONTANDO SFIDE MAGICHE PER TROVARE LA FONTE DELL'OSCURITÀ.

DOPO MOLTE AVVENTURE E ENIGMI RISOLTI, SMERALDINA SCOPRÌ CHE LA FORZA OSCURA ERA IN REALTÀ UN'ANTICA MALEDIZIONE DIMENTICATA, NATA DA UN MALINTESO TRA LE CREATURE DEL REGNO. CON LA SUA SAGGEZZA E IL SUO CUORE PURO, SMERALDINA RIUSCÌ A SCIOGLIERE LA MALEDIZIONE, RIPORTANDO LA LUCE E LA PACE NEL REGNO.

LA REGINA DELLE FATE, GRATA PER IL CORAGGIO E LA GENTILEZZA DI SMERALDINA, LE DONÒ UN AMULETO MAGICO COME SEGNO DI ETERNA AMICIZIA. CON IL CUORE PIENO DI GIOIA E NUOVE AMICIZIE, SMERALDINA FECE RITORNO NEL SUO MONDO.

QUELLA NOTTE, MENTRE IL CARNEVALE CONTINUAVA A FESTEGGIARE, SMERALDINA SI ADDORMENTÒ CON IL SORRISO, SOGNANDO MONDI INCANTATI E AVVENTURE MAGICHE, CUSTODENDO GELOSAMENTE IL SUO AMULETO E I RICORDI DI UN REGNO FATATO.

Morale: questa storia porta i bambini in un'avventura fantastica, insegnando loro il valore della gentilezza, del coraggio e dell'amicizia, e si conclude con un invito a sognare e a riposare in un mondo di magia e meraviglia.

BERTOLDO E IL CASTELLO DELLE ILLUSIONI

ESPLORAZIONI E SCOPERTE IN UN LUOGO MISTERIOSO

IN UNA NEBBIOSA MATTINA DI CARNEVALE, BERTOLDO, CON IL SUO COSTUME DA GIULLARE E LA SUA INESAURIBILE CURIOSITÀ, SI AVVENTURAVA NEI DINTORNI DI UN ANTICO VILLAGGIO, CIRCONDATO DA UNA FITTA FORESTA. LA LEGGENDA NARRAVA DI UN MISTERIOSO CASTELLO DELLE ILLUSIONI NASCOSTO TRA GLI ALBERI, UN LUOGO DI ENIGMI E MAGIE.

INTRIGATO DALLA LEGGENDA, BERTOLDO DECISE DI SCOPRIRE LA VERITÀ. DOPO AVER ATTRAVERSATO LA FORESTA, PIENA DI SUONI E OMBRE MISTERIOSE, ARRIVÒ DI FRONTE A UN IMPONENTE CASTELLO CHE SEMBRAVA SORGERE DAL NULLA. LE SUE MURA ERANO RICOPERTE DI RAMPICANTI E LE TORRI SI ERGEVANO ALTE NEL CIELO GRIGIO.

ENTRANDO NEL CASTELLO, BERTOLDO SI TROVÒ IN UN MONDO DI SPECCHI E PASSAGGI SEGRETI. OGNI STANZA PRESENTAVA UN NUOVO ENIGMA DA RISOLVERE, E OGNI CORRIDOIO PORTAVA A SCOPERTE SORPRENDENTI. LE ILLUSIONI ERANO COSÌ REALI CHE BERTOLDO DOVETTE AFFIDARSI ALLA SUA INTELLIGENZA E AL SUO INGEGNO PER DISTINGUERE LA REALTÀ DALLA FINZIONE.

DURANTE L'ESPLORAZIONE, BERTOLDO INCONTRÒ VARI PERSONAGGI STRAORDINARI: UNA PRINCIPESSA CHE ERA IN REALTÀ UN'OMBRA, UN CAVALIERE CHE SI SCIOGLIEVA IN UNA NUVOLA DI FUMO E UNA LIBRERIA CHE NASCONDEVA UN PASSAGGIO SEGRETO.
OGNI INCONTRO ERA UNA LEZIONE, E BERTOLDO IMPARAVA SEMPRE PIÙ SUL MISTERO DEL CASTELLO.

ALLA FINE, DOPO AVER SUPERATO MOLTE PROVE, BERTOLDO SCOPRÌ IL CUORE DEL CASTELLO: UNA GRANDE SALA CON UN LIBRO ANTICO AL CENTRO. APRENDO IL LIBRO, CAPÌ CHE IL CASTELLO ERA STATO CREATO DA UN POTENTE MAGO COME RIFUGIO PER LE SUE CONOSCENZE E I SUOI INCANTESIMI.

RISPETTOSO DEL LAVORO DEL MAGO, BERTOLDO DECISE DI LASCIARE IL CASTELLO INTATTO, PORTANDO CON SÉ SOLO LA STORIA E LE ESPERIENZE VISSUTE. PRIMA DI PARTIRE, PERÒ, LASCIÒ NEL LIBRO UNA PAGINA CON LA SUA STORIA, AGGIUNGENDO IL SUO CAPITOLO A QUELLI DEL MAGO.

TORNATO NEL VILLAGGIO, BERTOLDO RACCONTÒ LA SUA AVVENTURA, AFFASCINANDO TUTTI CON I RACCONTI DEL CASTELLO DELLE ILLUSIONI.
QUELLA NOTTE, MENTRE IL CARNEVALE ANIMAVA IL VILLAGGIO, BERTOLDO SI ADDORMENTÒ, SOGNANDO DI NUOVE AVVENTURE E MISTERI DA SCOPRIRE.

Morale: questa storia porta i bambini in un viaggio di scoperta e avventura, insegnando loro il valore dell'intelligenza e della curiosità, e si conclude con un invito a sognare e a riposare in un mondo di mistero e magia.

MEO PATACCA E L'AVVENTURA NELLA CITTÀ NASCOSTA
ESPLORAZIONI URBANE E SCOPERTE SORPRENDENTI

IN UNA VIVACE SERATA DI CARNEVALE, MEO PATACCA, CON IL SUO COSTUME VARIOPINTO E IL SUO CARATTERISTICO CAPPELLO A PUNTA, SI AGGIRAVA PER LE STRADE DI ROMA, IMMERSO NELL'ALLEGRIA E NELLE LUCI FESTOSE. MENTRE ESPLORAVA I VICOLI NASCOSTI DELLA CITTÀ, INCIAMPÒ IN UNA PORTA SEGRETA, CELATA DIETRO UNA VECCHIA LIBRERIA.

CURIOSO E AVVENTUROSO, MEO PATACCA APRÌ LA PORTA, SCOPRENDO UN PASSAGGIO CHE LO CONDUSSE IN UNA CITTÀ SOTTERRANEA DIMENTICATA, UN LUOGO RICCO DI STORIA E MISTERO. LE STRADE ERANO ILLUMINATE DA TORCE FIAMMEGGIANTI, E ANTICHI EDIFICI SI ERGEVANO SILENZIOSI INTORNO A LUI.

ESPLORANDO QUESTA CITTÀ NASCOSTA, MEO PATACCA INCONTRÒ STRANE CREATURE E ANTICHI SEGRETI. STATUE PARLANTI NARRAVANO STORIE DI IMPERATORI E GLADIATORI, FONTANE MAGICHE SVELAVANO VISIONI DEL PASSATO E MANOSCRITTI PERDUTI RACCONTAVANO DI LEGGENDE E INCANTESIMI.

IN QUESTA AVVENTURA SOTTERRANEA, MEO PATACCA SCOPRÌ CHE LA CITTÀ NASCOSTA ERA STATA UN RIFUGIO PER UN GRUPPO DI ALCHIMISTI E SAGGI CHE AVEVANO CUSTODITO LE LORO CONOSCENZE DAI PERICOLI DEL MONDO ESTERNO. OGNI ANGOLO RACCONTAVA UNA STORIA DI SAPERE E MISTERO.

TRA LE SUE SCOPERTE, MEO PATACCA TROVÒ UN ANTICO ARTEFATTO, UNA SFERA DI CRISTALLO CHE MOSTRAVA VISIONI DI LUOGHI E TEMPI LONTANI. CON QUESTA SFERA, RIUSCÌ A DECIFRARE GLI ENIGMI DELLA CITTÀ E A SCOPRIRE PASSAGGI SEGRETI CHE LO RIPORTARONO ALLA SUPERFICIE.

TORNATO A ROMA, MEO PATACCA DECISE DI CONDIVIDERE LA STORIA DELLA CITTÀ NASCOSTA, ORGANIZZANDO VISITE GUIDATE PER I BAMBINI E GLI ADULTI, DOVE RACCONTAVA LE LEGGENDE E MOSTRAVA I TESORI TROVATI. LA CITTÀ SOTTERRANEA DIVENNE UN LUOGO DI APPRENDIMENTO E AVVENTURA, DOVE TUTTI POTEVANO SCOPRIRE LA MAGIA E LA STORIA.

QUELLA NOTTE, MENTRE I FUOCHI D'ARTIFICIO ILLUMINAVANO IL CIELO DI ROMA, MEO PATACCA SI ADDORMENTÒ, SOGNANDO DI NUOVE ESPLORAZIONI E MISTERI DA SVELARE, FELICE DI AVER CONDIVISO UN PEZZO DI STORIA NASCOSTA CON LA SUA CITTÀ.

Morale: questa storia insegna ai bambini il valore dell'esplorazione e della scoperta, portandoli in un'avventura nelle profondità della storia e del mistero, e si conclude con un invito a sognare e a riposare in un mondo pieno di scoperte sorprendenti.

IL GIARDINO SEGRETO DI ZANNI

AVVENTURE E MISTERI IN UN GIARDINO INCANTATO

IN UN POMERIGGIO SOLEGGIATO DI CARNEVALE, ZANNI, CON IL SUO COSTUME COLORATO E LA SUA MASCHERA ARGUTA, PASSEGGIAVA PER LE VIE DI VENEZIA, GODENDOSI LA FESTA E L'ALLEGRIA CHE ANIMAVANO LA CITTÀ. MENTRE ESPLORAVA UN'AREA MENO CONOSCIUTA, SCOPRÌ UN PICCOLO CANCELLO NASCOSTO TRA LE MURA DI UNA VECCHIA VILLA.

CURIOSO, ZANNI APRÌ IL CANCELLO E SI RITROVÒ IN UN GIARDINO SEGRETO, UN'OASI DI PACE E BELLEZZA NASCOSTA NEL CUORE DELLA CITTÀ.

IL GIARDINO ERA UN LUOGO MAGICO, CON FIORI CHE CAMBIAVANO COLORE E ALBERI CHE SUONAVANO MELODIE DOLCI QUANDO IL VENTO LI ACCAREZZAVA.

MENTRE ESPLORAVA QUESTO LUOGO INCANTATO, ZANNI INCONTRÒ UNA SERIE DI CREATURE MAGICHE E MISTERIOSE. PARLÒ CON UNA FONTANA CHE SUSSURRAVA INDOVINELLI, INSEGUÌ FARFALLE CHE LASCIAVANO DIETRO DI SÉ SCIE DI LUCE SCINTILLANTE, E ASCOLTÒ GLI ALBERI CHE NARRAVANO ANTICHE STORIE DI VENEZIA.

ZANNI SCOPRÌ PRESTO CHE IL GIARDINO CUSTODIVA UN ANTICO SEGRETO: ERA STATO CREATO DA UN MAGO VENEZIANO COME RIFUGIO PER LE CREATURE MAGICHE, UN LUOGO DOVE POTEVANO VIVERE IN PACE LONTANO DAL MONDO ESTERNO. OGNI ANGOLO DEL GIARDINO ERA UN TESORO DI STORIE E MAGIE.

DECISO A PROTEGGERE QUESTO LUOGO SPECIALE, ZANNI INIZIÒ A RISOLVERE GLI ENIGMI LASCIATI DAL MAGO PER GARANTIRE CHE IL GIARDINO RIMANESSE NASCOSTO E SICURO.

OGNI ENIGMA RISOLTO RIVELAVA UN NUOVO ASPETTO DEL GIARDINO E RAFFORZAVA LA SUA MAGIA.

DURANTE LA SUA AVVENTURA, ZANNI CREÒ UN LEGAME SPECIALE CON LE CREATURE DEL GIARDINO, IMPARANDO DAI LORO RACCONTI E DALLA LORO SAGGEZZA. SENTÌ UNA PROFONDA RESPONSABILITÀ NEL PROTEGGERE QUEL LUOGO MAGICO E I SUOI ABITANTI.

ALLA FINE DELLA GIORNATA, ZANNI LASCIÒ IL GIARDINO CON LA PROMESSA DI MANTENERE IL SUO SEGRETO E DI TORNARE A VISITARLO. TORNATO TRA LE STRADE DI VENEZIA, DECISE DI CONDIVIDERE LE STORIE DEL GIARDINO IN MODO CHE LA MAGIA E LA BELLEZZA DI QUEL LUOGO POTESSERO VIVERE NEI CUORI DELLE PERSONE.

QUELLA NOTTE, MENTRE LA LUNA ILLUMINAVA LE ACQUE TRANQUILLE DI VENEZIA, ZANNI SI ADDORMENTÒ SOGNANDO IL GIARDINO SEGRETO E LE SUE MERAVIGLIE, FELICE DI AVER SCOPERTO UN MONDO DI MAGIA NASCOSTO NELLA SUA AMATA CITTÀ.

Morale: questa storia insegna ai bambini il valore della cura per la natura e il rispetto per i misteri del mondo, portandoli in un viaggio in un giardino incantato pieno di magia e meraviglia, e si conclude con un invito a sognare e a riposare serenamente.

TONINO E LA LUNA DI CARNEVALE
UN VIAGGIO MAGICO NEL CIELO NOTTURNO

IN UNA LIMPIDA NOTTE DI CARNEVALE, TONINO, CON IL SUO COSTUME DA PAGLIACCIO E IL SUO CAPPELLO A PUNTA, CAMMINAVA LUNGO I SENTIERI DI UN TRANQUILLO PAESINO, AMMIRANDO IL CIELO STELLATO. LA LUNA PIENA SPLENDEVA BRILLANTEMENTE, GETTANDO UNA LUCE ARGENTATA SULLE STRADE E SUI CAMPI.

MENTRE OSSERVAVA LA LUNA, TONINO SI IMBATTÉ IN UN VECCHIO TELESCOPIO ABBANDONATO VICINO A UN CAMPO.

SPINTO DALLA CURIOSITÀ, GUARDÒ ATTRAVERSO L'OCULARE E FU SORPRESO NEL VEDERE LA LUNA AVVICINARSI SEMPRE DI PIÙ, FINO A CIRCONDARLO COMPLETAMENTE. IN UN BATTER D'OCCHIO, SI RITROVÒ TRASPORTATO SULLA SUPERFICIE LUNARE.

IL PAESAGGIO LUNARE ERA UN MONDO DI MERAVIGLIE: MONTAGNE CHE BRILLAVANO DI UNA LUCE BLUASTRA, VALLI PROFONDE E TRANQUILLE, E UN CIELO SCURO PUNTEGGIATO DI STELLE SCINTILLANTI. TONINO, STUPITO E AFFASCINATO, INIZIÒ A ESPLORARE QUESTO MONDO INCANTEVOLE.

NEL SUO VIAGGIO, INCONTRÒ CREATURE FANTASTICHE CHE VIVEVANO SULLA LUNA: CONIGLI PARLANTI CHE COLTIVAVANO GIARDINI DI CRISTALLO, UCCELLI CHE VOLAVANO SENZA ALI E STELLE CADENTI CHE RACCONTAVANO STORIE DEL COSMO. OGNI INCONTRO ERA UNA SCOPERTA E UN'AVVENTURA.

TONINO SCOPRÌ PRESTO CHE LA LUNA AVEVA UN SEGRETO:
UNA VOLTA ALL'ANNO, DURANTE LA NOTTE DI CARNEVALE, SI TRASFORMAVA IN UN RIFUGIO PER SOGNI E DESIDERI. GLI ABITANTI DELLA LUNA RACCOGLIEVANO QUESTI SOGNI E LI CUSTODIVANO, DONANDOLI POI ALLE PERSONE GIUSTE SULLA TERRA.

DECISO A PORTARE UN PO' DI QUELLA MAGIA SULLA TERRA, TONINO RACCOLSE ALCUNI SOGNI LUMINOSI E LI MISE IN UNA PICCOLA SACCA. CON L'AIUTO DI UN CONIGLIO PARLANTE, TROVÒ IL MODO DI TORNARE A CASA, SALTANDO GIÙ DALLA LUNA ATTRAVERSO UN PONTE DI STELLE.

TORNATO NEL SUO PAESINO, TONINO APRÌ LA SACCA E RILASCIÒ I SOGNI NELLA NOTTE. SI TRASFORMARONO IN SCIE LUMINOSE CHE DANZAVANO NEL CIELO, PORTANDO SORRISI E MERAVIGLIA A TUTTI COLORO CHE LI OSSERVAVANO.

QUELLA NOTTE, MENTRE IL CARNEVALE CONTINUAVA A FESTEGGIARE E LE SCIE LUMINOSE BRILLAVANO NEL CIELO, TONINO SI ADDORMENTÒ SOTTO LE STELLE, SOGNANDO DI NUOVE AVVENTURE SULLA LUNA E DI MONDI FANTASTICI DA ESPLORARE.

Morale: questa storia insegna ai bambini l'importanza dei sogni e dell'immaginazione, portandoli in un viaggio magico sulla luna, e si conclude con un invito a sognare e a riposare in un mondo di meraviglia e fantasia.

BELTRAME E IL LABIRINTO DI SPECCHI
SFIDE E RIFLESSIONI IN UN PERCORSO ENIGMATICO

IN UNA FREDDA MATTINATA DI CARNEVALE, BELTRAME, CON IL SUO COSTUME VARIOPINTO E IL SUO CAPPELLO A LARGHE TESE, VAGAVA PER LE VIE DI UN PICCOLO BORGO, CERCANDO ISPIRAZIONE PER NUOVE BURLE E SCHERZI. MENTRE ESPLORAVA, SI IMBATTÉ IN UNA STRUTTURA MISTERIOSA: UN LABIRINTO DI SPECCHI CHE SI ERGEVA IN UNA PIAZZA APPARTATA.

MOSSO DALLA CURIOSITÀ E DAL SUO SPIRITO AVVENTUROSO, BELTRAME ENTRÒ NEL LABIRINTO.

SI TROVÒ IMMEDIATAMENTE IMMERSO IN UN MONDO DI RIFLESSI E ILLUSIONI, DOVE OGNI SPECCHIO SEMBRAVA NASCONDERE UN ENIGMA O UN TRUCCO.

IL LABIRINTO ERA UN DEDALO DI PERCORSI CHE SI BIFORCAVANO IN INFINITE DIREZIONI. ALCUNI SPECCHI MOSTRAVANO IMMAGINI DISTORTE, ALTRI CELAVANO PASSAGGI SEGRETI, E ALTRI ANCORA RIVELAVANO INDIZI PER PROSEGUIRE NEL PERCORSO. BELTRAME, CON IL SUO ACUME E LA SUA ARGUZIA, INIZIÒ A NAVIGARE NEL LABIRINTO, RISOLVENDO GLI ENIGMI E SUPERANDO LE SFIDE.

DURANTE IL SUO VIAGGIO, BELTRAME INCONTRÒ VARIE FIGURE BIZZARRE: UN CLOWN CHE PARLAVA IN INDOVINELLI, UN MIMO CHE MIMAVA PERCORSI IMPOSSIBILI, E UN VECCHIO SAGGIO CHE OFFRIVA SAGGE RIFLESSIONI. OGNI INCONTRO ERA UNA LEZIONE, E BELTRAME IMPARAVA QUALCOSA DI NUOVO SU SE STESSO E SUL MONDO CHE LO CIRCONDAVA.

ALLA FINE, DOPO MOLTE PERIPEZIE E RIFLESSIONI, BELTRAME SCOPRÌ IL CUORE DEL LABIRINTO:

UNO SPECCHIO CHE NON RIFLETTEVA IMMAGINI, MA MOSTRAVA LA VERA ESSENZA DI CHI LO GUARDAVA. DI FRONTE A QUELLO SPECCHIO, BELTRAME VIDE NON SOLO IL GIULLARE CHE ERA, MA ANCHE IL SAGGIO CHE POTEVA DIVENTARE.

USCENDO DAL LABIRINTO, BELTRAME SI SENTÌ ARRICCHITO DA QUESTA ESPERIENZA. AVEVA IMPARATO CHE DIETRO OGNI BURLA E OGNI SCHERZO C'È UNA VERITÀ PIÙ PROFONDA DA SCOPRIRE.

TORNATO NEL BORGO, BELTRAME CONDIVISE LA SUA AVVENTURA CON GLI ABITANTI, RACCONTANDO LE LEZIONI APPRESE NEL LABIRINTO. QUELLA NOTTE, MENTRE LE LUCI DEL CARNEVALE BRILLAVANO NEL CIELO, SI ADDORMENTÒ SOGNANDO DI NUOVE AVVENTURE E DI MONDI NASCOSTI DA ESPLORARE.

Morale: questa storia insegna ai bambini l'importanza dell'auto-riflessione e della ricerca interiore, portandoli in un viaggio attraverso un labirinto di specchi pieno di enigmi e scoperte, e si conclude con un invito a sognare e a riposare in un mondo di riflessioni e magia.

LA CORSA DELLE MASCHERE DI PASQUARIELLO
GIOCHI E SFIDE TRA LE VIE DEL CARNEVALE

IN UN POMERIGGIO VIVACE DI CARNEVALE, PASQUARIELLO, CON IL SUO COSTUME COLORATO E LA SUA MASCHERA SORRIDENTE, SI UNÌ ALLA FOLLA FESTOSA CHE RIEMPIVA LE STRADE DI NAPOLI. TRA RISATE E MUSICA, SI STAVA PREPARANDO PER LA "CORSA DELLE MASCHERE", UN EVENTO TRADIZIONALE DOVE I PARTECIPANTI, VESTITI CON LE PIÙ STRAVAGANTI MASCHERE DI CARNEVALE, GAREGGIAVANO IN UNA CORSA ATTRAVERSO LA CITTÀ.

PASQUARIELLO, NOTO PER IL SUO SPIRITO GIOCOSO E LA SUA AGILITÀ, ERA UNO DEI FAVORITI. LA CORSA NON ERA SOLO UNA QUESTIONE DI VELOCITÀ, MA ANCHE DI INGEGNO E ABILITÀ NEL SUPERARE OSTACOLI BUFFI E CREATIVI DISPOSTI LUNGO IL PERCORSO.

AL VIA, PASQUARIELLO E GLI ALTRI CONCORRENTI SI LANCIARONO PER LE STRADE, SALTANDO SOPRA BALLE DI FIENO, ZIGZAGANDO TRA FONTANE E SUPERANDO OSTACOLI CHE RAPPRESENTAVANO FAMOSI PERSONAGGI DEL CARNEVALE. LA CITTÀ INTERA SI ERA TRASFORMATA IN UN ENORME CAMPO DI GIOCO, CON GLI SPETTATORI CHE INCITAVANO I LORO PREFERITI.

DURANTE LA CORSA, PASQUARIELLO USÒ LA SUA ASTUZIA PER SUPERARE GLI AVVERSARI. IN UNA TAPPA, DOVETTE RISOLVERE RAPIDAMENTE UN INDOVINELLO PER APRIRE UN CANCELLO SEGRETO. IN UN'ALTRA, MOSTRÒ LA SUA ABILITÀ ACROBATICA SALTANDO TRA I TETTI DELLE CASE.

IL MOMENTO CLOU DELLA GARA FU IL "LABIRINTO DELLE MASCHERE", UN PERCORSO INTRICATO COSTRUITO NEL CUORE DELLA CITTÀ. PASQUARIELLO, CON LA SUA CONOSCENZA DELLE VIE DI NAPOLI E IL SUO INTUITO, RIUSCÌ A NAVIGARLO CON DESTREZZA, GUADAGNANDO UN VANTAGGIO SUGLI ALTRI CONCORRENTI.

ALLA FINE, PASQUARIELLO ATTRAVERSÒ PER PRIMO IL TRAGUARDO, ACCOLTO DAGLI APPLAUSI E DALLE ESULTANZE DELLA FOLLA. LA SUA VITTORIA, PERÒ, NON FU SOLO PERSONALE; CONDIVISE LA GIOIA CON TUTTI I PARTECIPANTI, CELEBRANDO LO SPIRITO DI COMUNITÀ E DI ALLEGRIA CHE IL CARNEVALE PORTAVA IN CITTÀ.

QUELLA SERA, MENTRE LE LUCI DEL CARNEVALE BRILLAVANO E LA MUSICA RIEMPIVA L'ARIA, PASQUARIELLO SI ADDORMENTÒ STANCO MA FELICE, SOGNANDO DI NUOVE CORSE E NUOVE AVVENTURE NEI COLORATI VIALI DEL CARNEVALE.

Morale: questa storia insegna ai bambini il valore del gioco e dello spirito di squadra, portandoli in un'avventura piena di sfide e risate nella "Corsa delle Maschere", e si conclude con un invito a sognare e a riposare in un mondo di festa e condivisione.

IL VOLTO NASCOSTO DI DOTTOR BALANZONE

AVVENTURE E SCOPERTE IN UN'ANTICA BIBLIOTECA

IN UNA FREDDA MATTINA DI CARNEVALE, IL DOTTOR BALANZONE, CON LA SUA TOGA NERA E IL SUO CAPPELLO DA DOTTORE, CAMMINAVA TRA LE VIE DI BOLOGNA, IMMERSO NEI SUOI PENSIERI PROFONDI. MENTRE ATTRAVERSAVA IL CENTRO STORICO, IL SUO SGUARDO FU CATTURATO DA UN'ANTICA BIBLIOTECA, I CUI PORTALI SEMBRAVANO NASCONDERE SEGRETI DIMENTICATI.

SPINTO DALLA CURIOSITÀ E DAL SUO AMORE PER LA CONOSCENZA, BALANZONE ENTRÒ NELLA BIBLIOTECA. L'INTERNO ERA UN LABIRINTO DI SCAFFALI POLVEROSI E LIBRI ANTICHI, CHE CUSTODIVANO LA SAGGEZZA DI SECOLI. MENTRE ESPLORAVA, SCOPRÌ UNA SEZIONE NASCOSTA, ACCESSIBILE SOLO RISOLVENDO UN ENIGMA SCOLPITO SU UNA STATUA DI MINERVA.

DOPO AVER RISOLTO L'ENIGMA, BALANZONE SI TROVÒ IN UNA STANZA SEGRETA, DOVE TROVÒ UN MANOSCRITTO ANTICO CHE PARLAVA DI UN VOLTO NASCOSTO: UNA PARTE DELLA SUA PERSONALITÀ CHE NON AVEVA MAI ESPLORATO. IL MANOSCRITTO LO GUIDÒ IN UN VIAGGIO DI AUTO-SCOPERTA, INVITANDOLO A GUARDARE OLTRE LA SUA IMMAGINE DI DOTTORE SERIO E RISPETTATO.

BALANZONE LESSE DI FILOSOFI E POETI CHE AVEVANO AFFRONTATO VIAGGI SIMILI, E DECISE DI SEGUIRE LE LORO ORME. LASCIÒ LA BIBLIOTECA E SI AVVENTURÒ PER LA CITTÀ, OSSERVANDO LA VITA DA PROSPETTIVE DIVERSE, PARLANDO CON PERSONE DI OGNI CETO E ASCOLTANDO LE LORO STORIE.

QUESTA ESPERIENZA OFFRE AI BALANZONI NUOVI PUNTI DI VISTA E PROSPETTIVE SUL MONDO. INCONTRÒ ARTISTI DI STRADA, CUOCHI, STUDENTI E ARTIGIANI, CIASCUNO CON UNA PROPRIA VISIONE DELLA VITA. OGNI INCONTRO AGGIUNGEVA UN PEZZO AL PUZZLE DEL SUO "VOLTO NASCOSTO".

ALLA FINE DEL CARNEVALE, BALANZONE TORNÒ ALLA BIBLIOTECA, ARRICCHITO DA QUESTE NUOVE ESPERIENZE. SCRISSE LE SUE RIFLESSIONI NEL MANOSCRITTO, AGGIUNGENDO IL SUO CAPITOLO ALLA STORIA DI COLORO CHE AVEVANO INTRAPRESO QUEL VIAGGIO PRIMA DI LUI.

QUELLA NOTTE, MENTRE BOLOGNA DORMIVA SOTTO UN MANTO DI STELLE, BALANZONE SI ADDORMENTÒ NELLA SUA STANZA, CIRCONDATO DAI SUOI AMATI LIBRI. SOGNÒ DI MONDI LONTANI E DI NUOVE SCOPERTE, CONSAPEVOLE CHE OGNI PERSONA HA MOLTI VOLTI E STORIE DA RACCONTARE.

Morale: questa storia insegna ai bambini il valore dell'auto-riflessione e della crescita personale, portandoli in un viaggio di scoperta interiore insieme al Dottor Balanzone, e si conclude con un invito a sognare e a riposare in un mondo di conoscenza e mistero.

IL SOGNO DI COLOMBINA
STORIE E LEGGENDE IN UNA NOTTE DI LUNA PIENA

IN UNA NOTTE LUMINOSA DI CARNEVALE, CON LA LUNA PIENA CHE SPLENDEVA ALTA NEL CIELO, COLOMBINA, CON IL SUO ABITO ELEGANTE E LA SUA MASCHERA DELICATA, PASSEGGIAVA SILENZIOSAMENTE PER LE VIE DI VENEZIA. MENTRE SI PERDEVA TRA I RIFLESSI DELL'ACQUA E L'ECO DELLE RISATE LONTANE, SI IMBATTÉ IN UN VECCHIO LIBRAIO CHE STAVA CHIUDENDO LA SUA BOTTEGA.

IL LIBRAIO, VEDENDO L'INTERESSE DI COLOMBINA, LE MOSTRÒ UN LIBRO ANTICO, UNA RACCOLTA DI STORIE E LEGGENDE VENEZIANE. INTRIGATA, COLOMBINA INIZIÒ A LEGGERE E, PAGINA DOPO PAGINA, SI RITROVÒ IMMERSA IN UN MONDO DI RACCONTI MAGICI E AVVENTURE STRAORDINARIE.

LE STORIE PARLAVANO DI AMORI IMPOSSIBILI TRA NOBILI E PESCATORI, DI TESORI NASCOSTI NEI CANALI, DI FANTASMI CHE DANZAVANO NEI

PALAZZI ABBANDONATI E DI FESTINI SEGRETI IN MASCHERA DOVE IL TEMPO SEMBRAVA FERMARSI. OGNI RACCONTO ERA UN TUFFO IN UN PASSATO MISTERIOSO E AFFASCINANTE, UN VIAGGIO ATTRAVERSO LA STORIA DI VENEZIA.

COLOMBINA LESSE PER TUTTA LA NOTTE, E CON OGNI STORIA, SENTIVA DI AVVICINARSI SEMPRE PIÙ ALLO SPIRITO DEL CARNEVALE, A QUEL MIX DI ALLEGRIA E MALINCONIA, DI REALTÀ E FANTASIA CHE CARATTERIZZA LA FESTA. LE STORIE LE SVELAVANO UN LATO DI VENEZIA CHE NON CONOSCEVA, PIENO DI SEGRETI E DI MAGIA.

AL TERMINE DELLA LETTURA, COLOMBINA DECISE DI CONDIVIDERE QUESTE STORIE CON GLI ABITANTI DELLA CITTÀ. ORGANIZZÒ UNA SERATA DI NARRAZIONE IN PIAZZA, DOVE LESSE AD ALTA VOCE LE LEGGENDE DEL LIBRO, ILLUMINATA SOLO DALLA LUCE SOFFUSA DELLE LANTERNE E DELLA LUNA.

LA PIAZZA SI RIEMPÌ DI GENTE, CATTURATA DALLE PAROLE DI COLOMBINA.

MENTRE NARRAVA, LA MAGIA DELLE STORIE PRESE VITA, E SEMBRAVA CHE I PERSONAGGI DEI RACCONTI DANZASSERO TRA LA FOLLA, SUSSURRANDO SEGRETI DIMENTICATI.

QUELLA NOTTE, MENTRE VENEZIA DORMIVA SOTTO UN CIELO STELLATO, COLOMBINA SI ADDORMENTÒ CON IL LIBRO TRA LE MANI, SOGNANDO DI NUOVE STORIE DA SCOPRIRE E DI NUOVE LEGGENDE DA RACCONTARE, CONSAPEVOLE CHE OGNI CITTÀ HA I SUOI RACCONTI SEGRETI DA SVELARE.

Morale: questa storia insegna ai bambini il valore delle storie e delle tradizioni, portandoli in un viaggio nella magia delle leggende di Venezia insieme a Colombina, e si conclude con un invito a sognare e a riposare in un mondo di narrazioni e incanto.

L'INCANTESIMO DI PIERROT

MAGIE E SENTIMENTI IN UNA NOTTE DI CARNEVALE

IN UNA NOTTE SILENZIOSA DI CARNEVALE, PIERROT, CON IL SUO COSTUME BIANCO E LA SUA MASCHERA TRISTE, CAMMINAVA SOLO LUNGO I SENTIERI DI UN VECCHIO PARCO, IMMERSO NEI SUOI PENSIERI MALINCONICI. MENTRE SI PERDEVA NEI RICORDI, INCIAMPÒ IN UN PICCOLO OGGETTO LUCCICANTE SULL'ERBA: ERA UN VECCHIO CIONDOLO A FORMA DI LUNA.

INCURIOSITO, PIERROT RACCOLSE IL CIONDOLO E, NEL MOMENTO IN CUI LO TOCCÒ, UN'AURA MAGICA LO AVVOLSE. SI RITROVÒ TRASPORTATO IN UN MONDO PARALLELO, DOVE IL CARNEVALE DI VENEZIA SI MESCOLAVA CON LA MAGIA E LE CREATURE FATATE.

IN QUESTO MONDO INCANTATO, PIERROT INCONTRÒ FATE E FOLLETTI, CHE DANZAVANO SOTTO LA LUNA PIENA, E STATUE CHE PRENDEVANO VITA RACCONTANDO STORIE D'AMORE E DI AVVENTURA. OGNI PASSO IN QUESTO MONDO ERA UN VIAGGIO TRA FANTASIA E REALTÀ, DOVE I SENTIMENTI ERANO AMPLIFICATI E OGNI SORRISO NASCONDEVA UNA STORIA.

PIERROT, IN QUESTO MONDO DI MERAVIGLIE, SCOPRÌ CHE IL CIONDOLO ERA LA CHIAVE PER ROMPERE UN ANTICO INCANTESIMO CHE AVEVA INTRAPPOLATO UN'ENTITÀ MAGICA, UN ESSERE DI PURA LUCE E AMORE, CHE ERA STATO IMPRIGIONATO DA UN MAGO GELOSO. CON IL SUO CUORE PURO E LA SUA SENSIBILITÀ, PIERROT DECISE DI AIUTARE L'ENTITÀ A LIBERARSI.

LA SUA RICERCA LO PORTÒ ATTRAVERSO GIARDINI SEGRETI, SALE DA BALLO INCANTATE E CANALI NASCOSTI, DOVE OGNI ANGOLO DI VENEZIA RIVELAVA UN NUOVO INDIZIO. PIERROT, CON L'AIUTO DELLE CREATURE MAGICHE, RISOLSE ENIGMI E SUPERÒ PROVE, DIMOSTRANDO IL SUO CORAGGIO E LA SUA DETERMINAZIONE.

ALLA FINE, DI FRONTE A UN ANTICO ALTARE SOTTO LA LUCE DELLA LUNA, PIERROT USÒ IL CIONDOLO PER ROMPERE L'INCANTESIMO. L'ENTITÀ MAGICA FU LIBERATA, TRASFORMANDOSI IN UNA CASCATA DI LUCE CHE ILLUMINÒ L'INTERO MONDO FATATO.

PER RINGRAZIARLO, L'ENTITÀ DONÒ A PIERROT UN DONO SPECIALE: LA CAPACITÀ DI VEDERE LA BELLEZZA E LA MAGIA IN OGNI MOMENTO DELLA VITA, ANCHE NEI PIÙ TRISTI. CON UN NUOVO SENSO DI SPERANZA E MERAVIGLIA, PIERROT TORNÒ NEL SUO MONDO.

QUELLA NOTTE, MENTRE IL CARNEVALE CONTINUAVA A FESTEGGIARE, PIERROT SI ADDORMENTÒ CON UN SORRISO, SOGNANDO DI MONDI INCANTATI E DI MAGIE NASCOSTE, GRATO PER LA LEZIONE APPRESA E PER IL DONO RICEVUTO.

Morale: questa storia insegna ai bambini il valore dell'empatia e della speranza, portandoli in un viaggio magico insieme a Pierrot, e si conclude con un invito a sognare e a riposare in un mondo dove la magia e i sentimenti si intrecciano.

LA DANZA DELLE STELLE DI SANDRONE
UN'AVVENTURA COSMICA E FANTASTICA

IN UNA NOTTE LUMINOSA DI CARNEVALE, SANDRONE, CON IL SUO COSTUME VIVACE E LA SUA MASCHERA ESPRESSIVA, GUARDAVA IL CIELO STELLATO DA UNA COLLINA APPENA FUORI DAL SUO PAESE. LE STELLE SEMBRAVANO DANZARE IN UN BALLETTO COSMICO, CREANDO UN'ATMOSFERA MAGICA E INVITANTE.

MENTRE OSSERVAVA AFFASCINATO, UNA STELLA CADENTE PARTICOLARMENTE BRILLANTE ATTRAVERSÒ IL CIELO, LASCIANDO DIETRO DI SÉ UNA SCIA LUMINOSA. COLTO DA UN IMPULSO AVVENTUROSO, SANDRONE DECISE DI SEGUIRE QUELLA SCIA, CONVINTO CHE LO AVREBBE PORTATO A SCOPRIRE QUALCOSA DI STRAORDINARIO.

LA SUA RICERCA LO CONDUSSE IN UNA FORESTA INCANTATA, DOVE TROVÒ UN ANTICO PORTALE ASTRALE, UN VARCO TRA IL MONDO TERRESTRE E IL REGNO DELLE STELLE. ATTRAVERSO IL PORTALE, SANDRONE SI RITROVÒ IN UN MONDO FANTASTICO, UN UNIVERSO PARALLELO DOVE LE LEGGI DELLA FISICA ERANO GOVERNATE DALLA MAGIA E DALLA FANTASIA.

IN QUESTO UNIVERSO, SANDRONE INCONTRÒ CREATURE CELESTI: STELLE PARLANTI CHE NARRAVANO ANTICHE SAGHE COSMICHE, COMETE CHE LO INVITAVANO A CAVALCARLE ATTRAVERSO GALASSIE LONTANE, E NEBULOSE CHE SI TRASFORMAVANO IN FIGURE MITOLOGICHE. OGNI INCONTRO ERA UN'AVVENTURA, E OGNI SCOPERTA UNA MERAVIGLIA.

DURANTE IL SUO VIAGGIO, SANDRONE APPRESE CHE L'UNIVERSO ERA IN PERICOLO: UNA NUBE OSCURA MINACCIAVA DI ASSORBIRE LA LUCE E LA VITA DELLE STELLE. DECISO A SALVARE QUESTO MONDO INCANTATO, SANDRONE SI UNÌ A UN GRUPPO DI STELLE GUERRIERE PER AFFRONTARE LA MINACCIA.

LA BATTAGLIA FU EPICA E LUMINOSA, CON SANDRONE E LE STELLE CHE COMBATTEVANO CON ASTUZIA E CORAGGIO. ALLA FINE, RIUSCIRONO A DISPERDERE LA NUBE OSCURA, SALVANDO L'UNIVERSO E RIPORTANDO LA LUCE E LA PACE TRA LE STELLE.

PER RINGRAZIARLO DEL SUO CORAGGIO E DELLA SUA DEDIZIONE, LE STELLE DONARONO A SANDRONE UN PICCOLO FRAMMENTO DI STELLA, UN RICORDO LUMINOSO DEL SUO VIAGGIO E DELLE AMICIZIE FORMATE. CON IL CUORE PIENO DI STORIE E DI LUCI, SANDRONE TORNÒ NEL SUO MONDO.

QUELLA NOTTE, MENTRE IL CARNEVALE FESTEGGIAVA SOTTO IL CIELO STELLATO, SANDRONE SI ADDORMENTÒ CON IL FRAMMENTO DI STELLA TRA LE MANI, SOGNANDO DI NUOVI VIAGGI TRA LE STELLE E DI AVVENTURE IN MONDI SCONFINATI E MERAVIGLIOSI.

Morale: questa storia insegna ai bambini il valore del coraggio e dell'immaginazione, portandoli in un viaggio spaziale insieme a Sandrone, e si conclude con un invito a sognare e a riposare in un universo pieno di magia e avventure.

FAGIOLINO E IL MISTERO DEL CASTELLO INCANTATO
INDAGINI E AVVENTURE IN UN ANTICO CASTELLO

IN UNA NEBBIOSA MATTINA DI CARNEVALE, FAGIOLINO, CON IL SUO COSTUME COLORATO E LA SUA MASCHERA ALLEGRA, SI AVVENTURAVA NELLE CAMPAGNE FUORI DALLA CITTÀ, ATTRATTO DA UN'ANTICA LEGGENDA. SI RACCONTAVA DI UN CASTELLO INCANTATO, NASCOSTO TRA LE COLLINE, DOVE SI CELAVANO MISTERI E STORIE DIMENTICATE.

CURIOSO E IMPAVIDO, FAGIOLINO SI INCAMMINÒ VERSO IL CASTELLO, GUIDATO DA VECCHIE MAPPE E RACCONTI.

QUANDO FINALMENTE LO RAGGIUNSE, IL CASTELLO SI RIVELÒ ANCORA PIÙ MAESTOSO E MISTERIOSO DI QUANTO AVESSE IMMAGINATO. LE SUE TORRI SVETTAVANO TRA LA NEBBIA, E I SUOI MURI ERANO RICOPERTI DI RAMPICANTI.

ENTRANDO NEL CASTELLO, FAGIOLINO SI TROVÒ IN UN LABIRINTO DI CORRIDOI E SALE SEGRETE. OGNI STANZA NASCONDEVA ENIGMI E TRAPPOLE MAGICHE, E I RITRATTI SULLE PARETI SEMBRAVANO OSSERVARLO CON OCCHI SAPIENTI. FAGIOLINO, CON IL SUO SPIRITO AVVENTUROSO, INIZIÒ A ESPLORARE, DECIFRANDO GLI INDIZI E RISOLVENDO I MISTERI DEL CASTELLO.

DURANTE LA SUA ESPLORAZIONE, FAGIOLINO SCOPRÌ CHE IL CASTELLO ERA STATO UN TEMPO LA DIMORA DI UN POTENTE MAGO, CHE AVEVA RACCHIUSO NEL CASTELLO I SEGRETI DELLE ARTI MAGICHE E DELLE SCIENZE ANTICHE. TUTTAVIA, UNA MALEDIZIONE AVEVA IMPRIGIONATO LO SPIRITO DEL MAGO ALL'INTERNO DELLE MURA, IMPEDENDOGLI DI TROVARE LA PACE.

DECISO A AIUTARE LO SPIRITO DEL MAGO, FAGIOLINO CERCÒ IL MODO DI ROMPERE LA MALEDIZIONE. NELLE PROFONDITÀ DEL CASTELLO, TROVÒ UNA BIBLIOTECA NASCOSTA, PIENA DI LIBRI ANTICHI E PERGAMENE POLVEROSE. TRA QUESTI, SCOPRÌ IL LIBRO CHE CONTENEVA L'INCANTESIMO PER LIBERARE IL MAGO.

DOPO AVER STUDIATO IL LIBRO E RACCOLTO GLI INGREDIENTI NECESSARI, FAGIOLINO ESEGUÌ IL RITUALE MAGICO. UNA LUCE BRILLANTE ILLUMINÒ IL CASTELLO, E LO SPIRITO DEL MAGO, FINALMENTE LIBERO, APPARVE DAVANTI A LUI. GRATO PER L'AIUTO RICEVUTO, IL MAGO DONÒ A FAGIOLINO UN ANTICO TALISMANO, UN SIMBOLO DI SAGGEZZA E PROTEZIONE.

CON IL MISTERO RISOLTO E IL CASTELLO LIBERATO DALLA MALEDIZIONE, FAGIOLINO LASCIÒ IL CASTELLO, PORTANDO CON SÉ STORIE INCREDIBILI E IL PREZIOSO TALISMANO. QUELLA NOTTE, MENTRE IL CARNEVALE RIEMPIVA LE STRADE DI FESTA, FAGIOLINO SI ADDORMENTÒ SOGNANDO DI NUOVE AVVENTURE IN MONDI INCANTATI E MISTERIOSI.

Morale: questa storia insegna ai bambini il valore del coraggio e della curiosità, portandoli in un'avventura misteriosa insieme a Fagiolino, e si conclude con un invito a sognare e a riposare in un mondo di magia e scoperte.

LA NOTTE MAGICA DI PANTEGANA
STORIE E LEGGENDE DEL CARNEVALE DI VENEZIA

INSPIRATO DALLE STORIE, PANTEGANA DECISE DI RIVIVERE ALCUNE DI QUESTE LEGGENDE NELLA NOTTE STESSA. LA PRIMA LEGGENDA PARLAVA DI UN AMORE SEGRETO TRA DUE MASCHERE, UN NOBILE E UNA DAMA MISTERIOSA, CHE SI INCONTRAVANO OGNI ANNO DURANTE IL CARNEVALE.

PANTEGANA, CON LA SUA MASCHERA D'ARGENTO, SI DIRESSE VERSO IL PONTE DEI SOSPIRI, IL LUOGO IN CUI SI DICEVA AVVENISSERO GLI INCONTRI.
LA LUNA PIENA ILLUMINAVA IL CANALE, CREANDO RIFLESSI D'ARGENTO SULL'ACQUA. IN SILENZIO, PANTEGANA ASSISTETTE A UN'OMBRA MASCHERATA CHE SI MATERIALIZZÒ TRA LE OMBRE DEL PONTE. UN AMORE ETERNO RIECHEGGIÒ TRA I CANALI DI VENEZIA.

LA SECONDA LEGGENDA NARRAVA DI UN FANTASMA GIOCOSO CHE SI NASCONDEVA DIETRO LE MASCHERE DEI FESTAIOLI, FACENDO DANZARE LE LANTERNE ATTRAVERSO I VICOLI BUI. PANTEGANA, CON CORAGGIO, SI AVVENTURÒ NEI CALLI PIÙ OSCURI, GUIDATO DALLE RISATE DEL FANTASMA. IMPROVVISAMENTE, LANTERNE COLORATE SI ACCESERO, DANZANDO LEGGERE NELL'ARIA. UNA RISATA SPENSIERATA ECHEGGIÒ NELL'OSCURITÀ.

LA TERZA LEGGENDA RACCONTAVA DI UN TESORO NASCOSTO IN UNO DEGLI ANTICHI PALAZZI DI VENEZIA, ACCESSIBILE SOLO SEGUENDO UN ENIGMA.
DETERMINATO, PANTEGANA DECIFRÒ L'INDOVINELLO E SI ADDENTRÒ NELLE SALE DESERTE DEL PALAZZO. ALLA FINE, DI FRONTE A UN ANTICO ARAZZO, TROVÒ IL TESORO: UN COFANETTO DORATO CONTENENTE SEGRETI DIMENTICATI DEL CARNEVALE.

RICCO DI EMOZIONI E AVVENTURE, PANTEGANA CONCLUSE LA NOTTE NEL CUORE DELLA CITTÀ, PORTANDO CON SÉ IL FASCINO DELLE LEGGENDE VENEZIANE. MENTRE L'ALBA TINGEVA IL CIELO DI ROSA, PANTEGANA SI RITIRÒ NEL SUO RIFUGIO, SOGNANDO NUOVE AVVENTURE E STORIE CHE AVREBBE CONDIVISO CON GLI AMICI DEL PROSSIMO CARNEVALE.

MORALE: QUESTA STORIA INSEGNA AI BAMBINI IL VALORE DEL CORAGGIO E DELLA CURIOSITÀ, PORTANDOLI IN UN'AVVENTURA MISTERIOSA INSIEME A FAGIOLINO, E SI CONCLUDE CON UN INVITO A SOGNARE E A RIPOSARE IN UN MONDO DI MAGIA E SCOPERTE.

Morale: in questa notte magica, Pantegana imparò che il Carnevale è un momento in cui le storie prendono vita e si intrecciano con la realtà. Ogni maschera nasconde un'emozione, ogni risata è un richiamo alle leggende del passato, e dietro ogni indovinello c'è un tesoro di esperienze da scoprire. La magia del Carnevale risiede nella capacità di abbracciare l'ignoto, lasciarsi guidare dalla curiosità e, soprattutto, condividere la gioia delle storie tra genitori e figli.

CONTENUTI EXTRA

Puoi inviarmi un'e-mail all'info@wavebook.it o scansionare il codice QR qui sotto per richiedere contenuti extra a tema carnevale per i tuoi bambini.

Printed in Great Britain
by Amazon

bc9277d0-e621-4e6c-bc0a-56015e34b24aR01